AF161769

Zum BUCH

Nach einem missglückten Raubüberfall auf einen Juwelier findet sich Nicholas Winston in einem niemals endenden Albtraum wieder. Ein unbekannter Mann ist hinter ihm her, und hat es auf einen magischen Ring abgesehen, welcher gar nicht in seinen Besitz gelangt ist. Verzweifelt begibt er sich mithilfe des Obdachlosen Carl auf die Suche – und er muss einsehen, dass die schier endlose Nacht nicht nur stockfinster, sondern auch blutig und voller Schrecken ist.

Zum AUTOR

Niklas Quast wurde am 7.3.2000 in Hamburg-Harburg geboren und wuchs im dörflichen Umland auf. Nachdem er eine Ausbildung zum Groß- und Außenhandelskaufmann absolvierte, arbeitet er nun in einem Familienbetrieb und widmet sich nebenbei dem Schreiben.

NIKLAS QUAST

DIE NACHT DER SCHRECKEN

ROMAN

1.Auflage 2023

Copyright © 2023 Niklas Quast
niklasquastautor@web.de
www.facebook.com/NiklasQuastAutor

Covergestaltung:
Galax Acheronian
www.acheronian.de

Alle Rechte vorbehalten

Niklas Quast
Metzendorfer Weg 5
21224 Rosengarten

Herstellung und Verlag: BoD – Books on Demand, Norderstedt

TWENTYSIX
Eine Marke der Books on Demand GmbH

ISBN: 9783740728106

1

Nicholas steuerte den Wagen durch die Häuserblocks der nächtlichen Stadt. Nur an vereinzelten Stellen spendeten Laternen fahles Licht, es schien auf den Gehweg und erhellte die Umgebung ein wenig. Es gab allerdings deutlich mehr dunkle Ecken, das war um diese Uhrzeit jedoch auch nicht verwunderlich. Zwei Querstraßen weiter lag das Ziel, welches sie in den letzten Monaten genauestens ausgekundschaftet hatten. Endlos viele Tage und Nächte hatten sie damit verbracht, das kleine Juweliergeschäft zu beobachten und jeden Quadratzentimeter in nächster Nähe zu studieren. Sie hatten Pläne aufgestellt und ihr Vorhaben genauestens besprochen - doch all das, das wusste Nicholas von den letzten Überfällen, war dann, wenn es zum Showdown kam, absolut umsonst. Man konnte einfach nicht alles planen, dazu spielte die Welt dann doch zu verrückt. An der folgenden Kreuzung sprang die Ampel gerade auf gelb um, als Nicholas sich näherte. Da sie keinerlei Zeitdruck hatten und im Vornherein nicht auffallen wollten, verlangsamte er den Wagen und stellte ihn vor der Haltelinie ab. Die Rotphase dauerte länger als notwendig - um diese Uhrzeit passierte ein einziges Auto, ein weißer Kastenwagen mit abgedunkelten Fenstern, die Kreuzung und bog vor ihnen in die Querstraße ab, in der das Juweliergeschäft lag. Nicholas parkte den Wagen bewusst ein paar Meter weiter, abseits von der Hauptstraße auf dem leerstehenden Parkplatz einer Autowerkstatt. In keinem der Geschäfte brannte Licht - da es bereits spät am Abend war, war das auch kein Wunder. Da es sich um eine Einkaufsstraße handelte, gab es keine Wohnungen in unmittelbarer Nähe. Das einzige Licht

weit und breit spendete das beleuchtete Schild einer Tankstelle, die durchgehend geöffnet hatte, sich jedoch nicht in direkter Sichtweite zum Juwelier befand.
»Seid ihr bereit?«
Nicholas blickte über die Kopfstütze nach hinten. Auf der Rückbank saßen Samuel und Isaac - sie hatten sich bereits Sturmhauben übergezogen und ihre Waffen entsichert. Selbige dienten als reine Vorsichtsmaßnahme - Nicholas rechnete nicht damit, sie um diese Zeit einsetzen zu müssen. Er selbst trug seine immer am Gürtel, damit er sie im Fall der Fälle nutzen und eine Kugel abfeuern können würde. Das hatte er jedoch bisher nie tun müssen, worüber er auch ganz froh war. Die Beute, die sie in letzter Zeit gemacht hatten, war dafür mehr als beachtlich. *Zudem sind wir gegenüber der Polizei auch unsichtbar geblieben. Sie sind uns nicht ansatzweise auf die Spur gekommen, weil jeder Überfall so gut geplant gewesen war. Das Blatt kann sich aber auch schnell wenden, weshalb wir weiterhin größte Vorsicht walten lassen müssen.*
»Mehr als das. Lasst uns die fette Beute einsacken«, meinte Samuel, während Isaac es bei einem kurzen Nicken beließ. Nicholas wertete dies als Zeichen zum Aufbruch. Er schaltete den Motor aus, öffnete die Tür, und trat auf den Asphalt. Er trug seine Sturmhaube in seiner rechten Hosentasche - wie immer würde er sie sich erst überziehen, sobald die Gefahr bestand, von einer möglichen Überwachungskamera erkannt zu werden. Er fühlte sich einfach nicht wohl mit dem schwarzen Stoff vor seinem Gesicht, doch während der Ausführung der Operation war dies unabdingbar. Er gab den Weg vor und Samuel und Isaac blieben ihm auf den Fersen. Es ging zunächst um das vor ihnen liegende Gebäude, die Autowerkstatt, herum, ehe sie auf

das Dach des anschließenden Hauses kletterten. Von hier aus hatten sie einen direkten Übergang zum Lüftungskanal des Juweliergeschäfts - und somit zu dem Punkt, an dem sie ins Gebäude eindringen würden. Die letzten Monate hatten gezeigt, dass sich dort zudem keine Alarmanlagen befanden, weshalb sie ein ziemlich leichtes Spiel haben würden. Allerdings war der Weg aufs Dach relativ beschwerlich, die Leiter, die hinaufführte, war nicht mehr in bestem Zustand. Einige Sprossen wiesen doch heftige Makel auf, Nicholas musste sich konzentrieren und hoffte, dass Samuel und Isaac ähnlich vorsichtig vorgehen würden. Oben angekommen, kramte er seine Sturmhaube heraus und zog sie sich über das Gesicht. Dieser Vorgang war immer ein Zeichen für ihn, dass es ernst wurde. Ein kurzes Kribbeln ging durch seinen Körper, und er wartete die paar Sekunden ab, die das Gefühl anhielt. Es stieg ihm bis in die Fingerspitzen hinein und verschwand dann wieder aus seinem Körper, was ihm ermöglichte, seinen Fokus neu zu setzen. Vor ihm befand sich bereits der Lüftungsschacht. Ein leises Surren und ein Hauch warmer Luft verrieten ihm, dass die Lüftung auch um diese Uhrzeit noch im Betrieb war - was nichts außergewöhnliches war, auch, wenn viele Geschäfte in der nächtlichen Zeit darauf verzichteten. *Die dürften aber ja genug Schotter haben, sodass sie sich darum gar nicht erst darum kümmern müssen. Nun, ich sollte so langsam mal starten.* Es war immer eine Überwindung, den ersten Schritt zu setzen - doch da sich Samuel und Isaac wie immer hinter ihm hielten, blieb ihm nichts anderes übrig, als das Zepter wieder an sich zu nehmen. Er zog seinen Schraubendreher hervor, den er bereits seitdem er aus dem Auto ausgestiegen war bei sich getragen hatte. Das Lüftungsgitter war nur mit vier Schrauben befestigt, es war ein leichtes, es aus der Verankerung zu lösen. Nicholas legte das Gitter neben dem Einstieg auf dem Dach ab und drehte sich ein letztes Mal zu Samuel und Isaac um, um ihnen letzte Instruktionen zu geben.

»Geht achtsam vor, es kann immer mal sein, dass wir durch unvorhergesehene Dinge den Plan kurzfristig ändern müssen. Versucht, euch möglichst leise durch den Schacht zu bewegen - es sieht zwar so aus, als wäre hier niemand in der Nähe, doch sicher sein kann man sich nicht. Ich werde vorausgehen, ihr beide folgt mir. Soweit alles klar?«

Beide nickten gleichzeitig. Nicholas wandte sich ab und richtete seinen Blick und seine volle Konzentration auf den vor ihm liegenden Schacht. Er legte sich auf den Bauch und versuchte so, in die Öffnung hineinzugelangen. Da er recht schlank war, schaffte er das auch, und wagte sich kurz darauf ein paar Meter voran. Samuel und Isaac waren von ähnlichem Körperbau, weshalb auch sie keine Probleme hatten, die Öffnung zu passieren. Nicholas hatte sich den Grundriss des Gebäudes genauestens eingeprägt, und wusste daher genau, welchen Weg er durch den Schacht nehmen musste. Er hatte allerdings nicht damit gerechnet, dass es so viele Abzweigungen gab - doch da er sich seiner Sache sicher war, ließ er sich dadurch auch nicht aus dem Konzept bringen. Da es irgendwann stockdunkel geworden war und Isaacs Körper das restliche Licht, welches zuvor vom gegenüberliegenden Gebäude in den Schacht gestrahlt war, blockierte, schaltete Nicholas seine Stiftlampe an, die er immer bei sich trug. Sie war äußerst praktisch - so klein, dass sie an einen Schlüsselbund passte, und das Licht war mehr als ausreichend. Der Schacht war verstaubt und voller Spinnweben, doch das war nichts, woran sich Nicholas störte. Er hatte so etwas schon öfter gesehen, es war nichts neues. Es dauerte noch fünf weitere

Minuten, ehe sie die Stelle erreicht hatten, an der es einen ersten Weg in den Innenraum gab. Nicholas versuchte sich wieder mit dem Schraubendreher - dieses Mal war es nicht ganz so einfach, doch mit etwas Geduld, von der er reichlich besaß, konnte er auch dieses Hindernis lösen. Es erforderte einiges an Geschick, doch als sich das Gitter schließlich löste und klirrend auf dem Boden landete, spürte Nicholas eine Art Triumphgefühl in sich aufsteigen. Er schob sich vorsichtig durch die Öffnung und sprang auf den Tisch, der sich direkt unter ihm befand. Danach half er Samuel und Isaac, ebenfalls herauszusteigen, ehe sie den Raum passierten. Hier gab es nichts interessantes, das wusste Nicholas bereits aus den vorherigen Erkundungstouren. Im anschließenden Zimmer befand sich der Verkaufsraum - und somit auch die Beute. Die Tür dorthin war verschlossen, es war jedoch ein leichtes, sie aufzuhebeln. Mit einem leisen Quietschen schob sie sich auf. Nachdem das erledigt war, drehte Nicholas sich ein letztes Mal zu Samuel und Isaac um.

»Jetzt ist wie immer schnelles Vorgehen gefragt. Packt alles, was ihr könnt, in die Säcke. Wir nehmen so viel mit, wie wir tragen können.«

»Wie immer, Boss«, witzelte Isaac, während er den Sack herausholte und öffnete.

»Die Alarmanlage ist scharf geschaltet. Sollten wir...«

»Du hast vollkommen recht«, fuhr Nicholas Samuel ins Wort und drehte sich um.

Manchmal war es eben doch gut, wenn alle mitdachten – Nicholas hatte die Alarmanlage gar nicht mehr auf dem Zettel gehabt, und das, obwohl sie alles genauestens durchgeplant hatten. In dem Raum, in dem sie angekommen waren, befand sich neben dem Lüftungskanal auch ein Sicherungskasten. Nicholas schaltete den Strom komplett aus - somit war nun die Gefahr gebannt und sie konnten sich in den Verkaufsraum hervorwagen. Ein Großteil der Beute war in Glaskästen eingeschlossen, doch auch das stellte kein größeres Problem dar. *Das sind aber auch wirklich Idioten. Selbst, wenn wir das alles nicht genau ausgekundschaftet hätten, wäre es naheliegend gewesen, die Schubladen nach Schlüsseln zu durchsuchen.* Der Besitzer, ein älterer Mann, schloss jeden Abend den Laden ab - und Nicholas hatte ihn öfter dabei beobachtet. Er fand den Schlüssel genau dort vor, wo der Mann ihn immer verstaut hatte - in der obersten Schublade hinter dem Tresen in einer Dose mir Büroklammern versteckt. Nicholas öffnete die einzelnen Glaskästen und überließ es Samuel und Isaac, die Beute einzusammeln. Am letzten Kasten angekommen, versuchte er, den Schlüssel ebenfalls ins Schloss zu stecken. Dieses Mal hatte er damit keinen Erfolg - er probierte es gleich nochmal, jedoch mit demselben Resultat. Im Inneren des Kastens befand sich einzig und allein ein Ring, der auf den ersten Blick jedoch ziemlich wertvoll wirkte. Er war bestückt mit kleinen, blau funkelnden Diamanten, die im Licht der Stiftlampe glitzerten. Nicholas wandte sich ab und durchsuchte die Schublade erneut nach einem weiteren Schlüssel. Dabei wurde er allerdings nicht fündig. In der Zwischenzeit hatten Samuel und Isaac die anderen Kästen und auch die restliche Auslage leergeräumt.

»Gibts ein Problem?«, fragte Isaac, der sich direkt im Rücken von Nicholas befand.

»Ja, ich bekomme den letzten Kasten nicht auf«, murmelte er. »Der Schlüssel passt nicht und ich habe auch keinen anderen gefunden. Es ist allerdings auch nur ein Ring... wir könnten ihn liegenlassen und einfach verschwinden.«

Isaac lachte auf.

»Das kommt nicht in Frage. Du weißt, dass jedes einzelne Beutestück zählt. Und für solche Fälle habe ich vorgesorgt, das weißt du doch.«

Isaac holte aus seinem Sack einen kleinen Hammer hervor. Er zögerte nicht lange und führte den ersten Schlag aus. Dieser reichte jedoch nicht dazu aus, es zu zerstören - Nicholas hatte das fast vermutet, ließ Isaac jedoch noch zwei weitere Schläge ausführen. Beim dritten zersplitterte das Glas dann schließlich mit einem lauten Knall. Scherben flogen umher und säumten den Boden, doch das war nun egal - der Ring lag frei, und Isaac blickte Nicholas triumphiert an, ehe er einen Schritt nach vorne machte und versuchte, das Schmuckstück einzustecken. Da Nicholas ein paar Meter entfernt stand, konnte er gegen das, was als nächstes geschah, nichts tun. Doch selbst, wenn er sich direkt neben seinem Kollegen befunden hätte, hätte er das Unglück nicht verhindern können. In dem Moment, in dem Isaac nach dem Ring greifen wollte, ging im rückwärtigen Teil des Juweliergeschäfts eine Tür auf. Der Ring leuchtete nun so hell, dass die Stiftlampe absolut nicht mehr notwendig war. Kurz darauf wurde die Stille von zwei aufeinanderfolgenden Schüssen zerrissen - und Nicholas sah nur noch, wie plötzlich alles voller Blut war. Instinktiv hechtete er nach vorne, und hörte, wie eine dritte Kugel neben ihm in der Fensterscheibe einschlug. Das Glas zerplatzte an der Stelle, und er versuchte, durch den Freiraum nach draußen zu gelangen. Er nutzte sein gesamtes Körpergewicht dazu und hatte tatsächlich Erfolg - das Glas zersplitterte, und ohne das Gleichgewicht zu verlieren, stolperte er in die nächtliche Stadt hinaus.

2

Erst, als Nicholas merkte, dass er nicht von dem Mann, der seine beiden Begleiter brutal erschossen hatte, verfolgt wurde, verringerte er sein Tempo und stoppte an der nächsten Straßenlaterne. Er zog sich die Sturmhaube vom Kopf, entsorgte sie im naheliegenden Gully und begutachtete seine Verletzungen. Das Glas des Schaufensters hatte deutliche Spuren an seiner Kleidung und seiner Haut hinterlassen - er entdeckte Blut am Stoff seines dünnen Pullovers, konnte sich jedoch zunächst nicht erklären, woher es gekommen war. Bis er seinen Blick schließlich auf seine rechte Hand richtete. *Natürlich. Was sonst?* Er blickte sich erneut um. Irgendwie hatte er weiterhin das permanente Gefühl, beobachtet oder sogar verfolgt zu werden. Als er sich jedoch vergewissert hatte, dass das nicht der Fall war, beruhigte er sich etwas. *Was ist da eben nur passiert?* Er begab sich in eine dunkle Ecke auf der Rückseite eines Supermarktes, lehnte sich gegen die Wand und setzte sich auf den Boden. Er versuchte, seine Gedanken irgendwie zu ordnen, scheiterte jedoch daran. Die Schnittverletzung an seiner Hand war zwar nicht so tief, blutete jedoch so stark, als hätte er sich die Pulsadern aufgeschnitten. Der Fluss wollte absolut nicht versiegen, und er versuchte, dem zumindest ein bisschen mit dem Stoff seines Pullovers entgegenzuwirken. Der improvisierte Verband tat sein Übriges, und schon bald war es Nicholas gelungen, die Wunde grob zu verbinden. *Der Ring hat angefangen zu funkeln, als Isaac ihn für den Bruchteil einer Sekunde berührt hat. Kurz darauf wurde ihm das Hirn weggeblasen.* Nicholas schauderte. Der Anblick des Blutbades, die Hirnmasse, die sich mit den Scherben des zerstörten Glaskastens gemischt hatte... und über allem stand irgendwie der Ring, fast wie eine Art Mahnmal. *Der Typ hat nicht mal mit der Wimper gezuckt. Hätte ich nur eine Sekunde länger dort verbracht, wäre ich jetzt ebenfalls hinüber.* Er trauerte nicht um Samuel und Isaac - sie waren zwar Kollegen, jedoch alles andere als Freunde gewesen. Generell gab es in dem Netzwerk, in dem sie agierten, nur selten Freundschaften, und Nicholas hatte zugegebenermaßen noch nie eine geführt, worüber er in diesem Moment mal wieder sehr dankbar war. *Freundschaften sind Ballast und führen früher oder später nur zu Verpflichtungen, die man sowieso nicht eingehen kann.* Nicholas versuchte, seine Gedanken wieder in eine andere Richtung zu lenken, doch in seinem Kopf herrschte dafür ein zu großes Chaos. *Ich bin gespannt, ob der Typ die Polizei ruft. Sinn ergeben würde das irgendwie nicht, da er enorm kaltblütig vorgegangen ist.* Nicholas wusste in diesem Moment nicht, was er tun sollte - die Gefahr war gebannt, das Juweliergeschäft lag in seinem Rücken und der Mann war ihm augenscheinlich nicht gefolgt. *Zum Auto und dann abhauen. Vielleicht ins Krankenhaus?* Nicholas überlegte einen kurzen Moment, entschied sich dann jedoch dagegen. Er würde sich wohl oder übel erklären müssen, wenn er sich mit seiner Verletzung in die Notaufnahme begeben würde. Und was sollte er dann sagen? *Niemals, das erregt nur ungewollte Aufmerksamkeit.* Sein Auto stand allerdings genau in der entgegengesetzten Richtung - er musste also entweder erneut an dem Juweliergeschäft vorbei, oder aber einen Umweg in Kauf nehmen. Er entschied sich zu letzterem, es erschien ihm zu diesem Zeitpunkt einfach als zu riskant, sich erneut in die Nähe des brutalen Mörders zu begeben. Der Weg führte ihn noch eine Weile durch die Stadt, in direkte Nähe des

Highways - bevor er diesen jedoch beschritt, wechselte er die Richtung und begab sich stattdessen zum nahen Fluss, über den eine Brücke führte. Vorsichtig wagte er sich die Böschung herunter und atmete erleichtert auf, als er unten angekommen war. Da es in direkter Umgebung komplett still war, drangen die Geräusche des Highways bis zu ihm vor. Obwohl es mitten in der Nacht war, raste ab und an ein Auto vorbei - die Stadt schlief eben niemals, es gab immer Menschen, die zu jeder Zeit irgendetwas zu erledigen hatten - sei es aus privaten, oder aber aus beruflichen Gründen. Nicholas folgte dem Wasser - er kannte sich hier gut aus, da er diesen Weg als mögliche Fluchtroute ausgekundschaftet hatte - falls irgendetwas aus dem Ruder laufen sollte, was heute ja unbestreitbar passiert war. Das fahle Licht eines Strahlers, der an der Brücke befestigt war, strahlte nicht wirklich weit – es reichte allerdings dazu aus, ihm einen groben Überblick zu verschaffen. Direkt hinter der Brücke schloss sich ein großes Waldstück an, das von seiner Position aus nur schwer einsehbar war. Nicholas folgte dem Licht, welches ihn einen Hügel herunterführte. Der Boden war glitschig, er musste extrem aufpassen, dass er sein Gleichgewicht nicht verlor. Mit jedem Meter, den er sich weiter voran wagte, wurde es dunkler, was sein Vorhaben nicht gerade erleichterte. Schon bald konnte er gar nichts mehr sehen, selbst die Lichter der Autos, die um diese Uhrzeit nur noch selten die Brücke passierten, reichten nicht aus. Nicholas wurde das merkwürdige Gefühl, verfolgt zu werden, irgendwie nicht los. Als er den Hügel schließlich ohne auszurutschen heruntergeschritten war, nahm er sich einen Moment Zeit und ließ sich ins nasse Gras sinken. Jetzt, wo das Adrenalin so langsam abgeebbt war und sein Blick etwas klarer wurde, war der Schmerz auch wieder präsenter. *Scheiße, was ist*

da eben nur passiert? Da er sich mittlerweile doch sicher war, dass er nicht mehr verfolgt wurde, nahm er sich einen Moment Zeit, um über das nachzudenken, was eben passiert war. *Was hat es nur mit diesem funkelnden Ring auf sich? Verbirgt sich in ihm etwa eine starke Macht?* Auch, wenn das vermutlich total an den Haaren herbeigezogen war, vermutete Nicholas etwas ganz Besonderes dahinter. *Der Ausdruck in den Augen des Mannes, bevor er Samuel und Isaac getötet hat... das war der pure Wahnsinn.* Der Mann hatte nicht aus Gründen der Selbstverteidigung gehandelt – auch, wenn das wohl das Naheliegendste gewesen wäre. *Es ist etwas anderes, sich zu verteidigen. Er hat die beiden regelrecht hingerichtet.* Während Nicholas weiter seinen Gedanken nachhing und irgendwie versuchte, die losen Enden in seinem Kopf miteinander zu verbinden, vernahm er ein leises Rascheln. Erschrocken aufgrund des plötzlichen Geräusches hob er seinen Kopf und sah sich um. Er konnte die Richtung, aus der es gekommen war, zunächst nicht orten – bis eine Stimme erklang.
»Oh...«
Die Worte klangen überrascht. Nicholas drehte sich um und blickte dem Mann, der sie ausgesprochen hatte, in die Augen. Dem Aussehen nach zu urteilen, handelte es sich um einen Obdachlosen. Der Mann hatte einen verfilzten Dreitagebart, buschige Augenbrauen und ein äußerst ungepflegtes Aussehen. Noch dazu strahlte sein Körper einen Geruch aus, der dem von Urin ähnelte. Nicholas zwang sich, nicht zu würgen, und sagte bloß:
»Guten Abend. So spät noch unterwegs?«
Er wollte sich keineswegs anmerken lassen, dass er sich vor dem Mann ekelte – stattdessen wollte er eher herausfinden,

weshalb sich dieser so spät in der Nacht noch in den Wäldern, fernab von der Straße und der Stadt, herumtrieb.
»Hab' niemanden, der auf mich wartet. Ich bin gerne hier, hier bin ich frei. Und was machst du hier?«
Obwohl die Worte des Mannes so klangen, als hätte er bereits eine größere Menge an Alkohol konsumiert, so verriet der Ton seiner Stimme etwas anderes – denn dieser war absolut klar und eben nicht so, als hätte er irgendetwas Bewusstseinsveränderndes zu sich genommen. Es dauerte einen Moment, bis Nicholas sich passende Worte zurechtgelegt hatte. Das Letzte, was er wollte, war, die Wahrheit zu sagen – weshalb er sich innerhalb weniger Sekunden eine kurze Geschichte zurechtlegte.
»Ich habe mich verlaufen. Die Stadt ist aber auch wirklich verdammt groß.«
Der Obdachlose verzog den Mund zu einem schiefen Grinsen und zeigte seine gelben Zähne.
»Wo willst du denn hin? Ich kann dir jeden Weg zeigen. Ich lebe seit Jahren hier.«
»Zur Kirche«, murmelte Nicholas, einfach, weil ihm spontan nichts anderes eingefallen war.
Jede gottverdammte Stadt hat doch eine Kirche, und es ist nicht abwegig, sie aufsuchen zu wollen – auch, wenn der Zeitpunkt etwas merkwürdig erscheint.
»Oh, die liegt tatsächlich etwas entfernt. Ich kann dich aber dort hinbringen, wenn du möchtest.«
Da Nicholas nichts Grundlegendes gegen die Anwesenheit des Mannes einzuwenden hatte, stimmte er zu und nickte. Er versuchte irgendwie, den beißenden Geruch zu ignorieren und konzentrierte sich stattdessen auf den vor ihnen liegenden Weg. Der Mann war, ohne ein weiteres Wort zu erwidern, vorausgegan-

gen, und Nicholas entschied sich dazu, ihm zu folgen.
»Wie heißt du eigentlich? Ich bin Carl.«
»Mein Name ist Nicholas.«
»Oh, ein seltener Name hier in der Gegend. Wo kommst du her?«
»Aus dem Süden des Landes. Ich bin neu hier, erst vor ein paar Wochen hergezogen.«
Er hoffte, dass der Mann es ihm nicht anmerkte, dass er gerade ununterbrochen log. *Also eigentlich ist es ja nicht wirklich glaubwürdig. Ich laufe hier nachts durch den Wald und sage, dass ich die Kirche suche. Um diese Uhrzeit? Oh Mann. Der Typ wird mich für verrückt halten.* Andererseits – was mochte der Mann wohl alles schon erlebt haben? Bekannterweise tummelten sich gerade nachts die finstersten Gestalten in der Gegend herum. Ein leichter Wind pfiff durch die Baumkronen des Waldes, und Nicholas spürte, wie der kühle Luftzug dafür sorgte, dass sich eine Gänsehaut auf seinem Körper ausbreitete. Er folgte Carl, der ihn tiefer in den Wald hineinführte. Eigentlich hatte er damit gerechnet, dass sie durch die Stadt zur Kirche gelangen würden – doch er vertraute dem Mann, da es auf ihn so wirkte, als würde jener die Gegend wie seine Westentasche kennen. *Er streift bestimmt schon viele Jahre durch die Gegend. Überwiegend nachts, um seine Ruhe zu haben.* Nicholas wollte den Mann jedoch nicht vorverurteilen, weshalb er versuchte, seine Gedanken in eine andere Richtung zu lenken. *Wie werde ich ihn bei der Kirche wieder los? Ich muss mir irgendetwas ausdenken. Wahrscheinlich sollte ich mich einfach aufs Ohr hauen, und die Strecke zu meinem Auto morgen mit einem Taxi zurücklegen.* Es war zwar riskant, doch er konnte sich irgendwie nicht vorstellen, dass der Mann, der seine beiden Komplizen auf

dem Gewissen hatte, die Polizei verständigt hatte. Von einem Martinshorn oder irgendwelchen Autos, die nach ihm suchen würden, war weit und breit nichts zu hören. Einerseits erleichterte ihn das – doch andererseits würde er sich eben vor ihrem Boss erklären müssen, warum er der Einzige war, der mit seinem Leben, aber eben auch ohne jegliche Beute davongekommen war. *Für mich wäre es wahrscheinlich besser gewesen, gemeinsam mit den beiden erschossen zu werden.*
»Hörst du das auch?«
Nicholas war so tief in Gedanken versunken gewesen, dass er alles um sich herum komplett ausgeblendet hatte. Erst, als Carl sich in Folge seiner Worte umgedreht hatte, versuchte er, sich auf die direkte Umgebung zu konzentrieren und etwaige Geräusche, die sich von denen des nächtlichen Waldes abhoben, herauszufiltern. Und tatsächlich... es dauerte ein paar Sekunden, bis er ein leises Wimmern vernahm. Er folgte Carl, der den Weg, den sie bisher beschritten waren, nun jedoch verließ und sie noch tiefer ins Dickicht führte.
»Nicht... Bitte... Nicht...«
Die Worte waren schwach und klangen hilflos. Sie gehörten eindeutig zu einem Mädchen. Kurze Zeit später erklang ein lauter Knall, in dessen Folge ein erneutes Wimmern auftrat. *Scheiße, was ist hier los?* In Nicholas schrillten alle Alarmglocken, weshalb er sein Tempo etwas erhöhte und sich sogar an Carl vorbeischob. Instinktiv wagte er sich weiter in die Richtung vor, hatte jedoch nicht den blassen Schimmer, ob es überhaupt die Richtige war. Da Carl ihm jedoch folgte, ging er davon aus, dass das der Fall war.
»Sei still, du kleines Miststück.«
Nun war auch eine männliche Stimme zu hören, und die Geräu-

sche, die sich mit in die Szenerie mischten, ließen nur einen klaren Schluss zu. *Oh mein Gott, wir werden Augenzeuge einer Vergewaltigung.* Hinter dem nächsten Busch wurde es etwas heller um sie herum – und der Grund dafür war von Nicholas schnell ausgemacht. Der gelbe Lichtkegel einer Taschenlampe, die auf dem Boden lag, beleuchtete die Umgebung – und zeigte zwei nackte, ineinander verschlungene Körper. Der Mann, der einen Zopf hatte, der sich bei jedem seiner Stöße hin und her bewegte, schien noch nicht mitbekommen zu haben, dass sie entdeckt worden waren. Das Mädchen hingegen, welches sich wehrlos unter dem Kerl befand, der immer wieder in regelmäßigen Abständen in sie eindrang, hatte sie bereits entdeckt – woraufhin sich der Ausdruck in ihren Augen von der einen auf die andere Sekunde von hoffnungslos zu hoffnungsvoll veränderte. Carl zögerte nicht lange, schob sich an Nicholas vorbei und versetzte dem Mann einen Tritt. Ebenjener befand sich in dem Moment, in dem er in der Seite getroffen wurde, an seinem Höhepunkt – und während er das Gleichgewicht verlor und von dem Mädchen herunterfiel, kam er zum Orgasmus.

3

Nicholas drehte sich um – da Carl sich um den Mann kümmerte, dessen nun bereits schlaffer Penis wie eine Blindschleiche aussah, wandte er sich dem Mädchen zu. Er versuchte dabei, nicht auf ihre intimen Stellen zu achten – doch sowohl der Anblick ihrer Brüste als auch der ihrer Scham erregten ihn ungewollt. Als er sich ihrer aktuellen Situation klargemacht hatte, verging das jedoch wieder. Er schüttelte den Kopf und versuchte ihr stattdessen dabei zu helfen, sich anzuziehen. Ihre Klamotten lagen überall um sie herum verstreut, und es dauerte nicht lange, bis sie sich angezogen hatte. Sie zitterte am gesamten Körper und ihr Make-up war überall im Gesicht verteilt und verschmiert. Ihrem Anblick nach zu urteilen, war sie noch nicht mal volljährig, doch Nicholas wusste, dass er damit auch falschliegen konnte.
»Geht es dir gut?«
Er wusste zwar, wie falsch die Worte in Anbetracht der furchtbaren Situation, in der er sich gerade befand, klingen mochten – doch ihm fiel einfach nichts anderes ein. Die Reaktion des Mädchens ließ nicht lange auf sich warten. Sie hob den Kopf, beäugte ihn skeptisch und sagte unter Tränen:
»Nein, es geht mir beschissen. Dieser Mistkerl hat mich vergewaltigt.«
Sie senkte ihren Kopf wieder und blickte beschämt zu Boden. Nicholas entgegnete nichts auf ihre Worte und drehte sich stattdessen wieder zu Carl um, der mit dem Vergewaltiger beschäftigt war. Die beiden Männer waren in einen Faustkampf verwickelt, es sah jedoch zumindest in diesem Moment so aus, als

hätte der Obdachlose die Oberhand in der Auseinandersetzung gewonnen. Das war allerdings nur eine Momentaufnahme gewesen – mit dem nächsten Schlag war es dem Mann, der noch immer nackt war, gelungen, einen entscheidenden Fausthieb zu setzen. Der Schlag holte Carl von den Füßen, er taumelte und landete stöhnend auf dem Waldboden, direkt neben einem Baumstumpf. Ohne sich seine Klamotten wieder anzuziehen, nutzte er die Gunst der Stunde und rannte in die Dunkelheit des Waldes. Carl machte keine Anstalten, ihn zu verfolgen – und auch Nicholas beließ es dabei, da es ihm zu riskant war, durch die Dunkelheit zu stolpern. Aufgrund der Tatsache, dass er sich hier absolut nicht auskannte, würde er sich entweder verlaufen, oder aber über einen Baumstumpf stolpern und sich etwas brechen.
»Ist er entkommen? Verdammt.«
Carls Stimme klang nasal. Nicholas wandte seinen Blick aus der Richtung ab, in die der nackte Mann verschwunden war, und sah den Obdachlosen an. Der gelbe Lichtkegel der am Boden liegenden Taschenlampe ermöglichte es ihm, einen Blick auf sein Gesicht zu werfen. Seine Nase stand in einem seltsamen Winkel von ihrer ursprünglichen Position ab, und eine Menge Blut hatte sich um die Stelle herum verteilt und in den verfilzten Barthaaren verfangen.
»Er hätte nicht entkommen dürfen.«
Kopfschüttelnd richtete Carl sich auf, und Nicholas half ihm wieder auf die Beine. Der Mann wirkte etwas wackelig, doch das hatte sich nach ein paar Schritten wieder gelegt. Das Mädchen hatte sich während der gesamten Zeit nicht von der Stelle bewegt. Sie hatte zwar aufgehört zu heulen, wirkte aber nach außen hin weiter so, als würde sie unter Schock stehen. Sie hatte

ihre Arme um ihre Knie verschlungen und wippte leicht hin und her.

»Komm mit, wir sollten schleunigst von hier weg. Wir bringen dich nach Hause.«

Nicholas vermied es tunlichst, den Vorschlag, zur Polizei zu gehen, in den Mund zu nehmen. *Ich wäre absolut dumm, wenn ich das tun würde. Was, wenn in diesem Moment bereits eine Fahndung nach mir läuft?*

»Guter Plan«, warf Carl ein, der sich wieder gesammelt hatte. *Auch er wird wahrscheinlich als Obdachloser ab und zu Probleme mit den Bullen gehabt haben. Es sollte ihm also nur recht sein, wenn wir sie zuhause abliefern und uns dann aus dem Staub machen.*

»Hast du gehört? Wir bringen dich nach Hause.«

Nicholas ging auf die Knie und versuchte, Blickkontakt mit dem Mädchen herzustellen. Sie schien sich irgendwo in der Ferne verloren zu haben – ihr Blick wirkte glasig und leer.

»Nein. Das geht nicht«, wimmerte sie ein paar Sekunden später.

»Kanntest du den Mann?«

Das Mädchen nickte zaghaft.

»Er... war mein Exfreund.«

Nicholas spürte, wie sich sein Magen zusammenzog. Das machte das Ganze natürlich um einiges pikanter – wäre das Mädchen nur das zufällige Opfer eines Triebtäters gewesen, so wäre sie nun in Sicherheit gewesen. *Andererseits...*

»Wie heißt du denn überhaupt?«

»Cynthia«, murmelte sie.

»Cynthia Harper.«

»Okay, Cynthia. Gibt es einen Ort, an dem du in Sicherheit bist?«

Cynthia überlegte einen Moment, ehe sie sich eine Antwort zurechtgelegt hatte.
»Ja, schon. Diana, meine Freundin. Sie wird zwar schon schlafen, aber bei ihr bin ich sicher.«
»Wie weit ist es bis zu ihr?«
»Zwanzig Minuten Fußweg sollten es von hier aus sein.«
»Okay, wir begleiten dich«, entschied Nicholas, und war auch ein bisschen froh darüber, jetzt ein Ziel vor Augen zu haben und vom ursprünglichen Plan, zur Kirche zu gehen, abzuweichen. Der Weg durch den Wald fühlte sich endlos an, doch mithilfe der Taschenlampe bewältigten sie die Strecke, ohne sich zu verletzen. Jeder Meter, den sie sich weiter der Straße näherten, sorgte dafür, dass Nicholas sich zunehmend unwohler fühlte. Er versuchte immer wieder, sich unauffällig umzublicken, hatte damit jedoch irgendwann die Aufmerksamkeit von Carl erregt.
»Ist irgendetwas?«
Nicholas schüttelte den Kopf.
»Nicht wirklich, nein. Ich möchte nur sichergehen, dass uns niemand auflauert.«
Carl lachte.
»Sehr gut, das ist auch wichtig. Glaub mir, die Nacht ist dunkel und voller Schrecken.«
Nicholas entgegnete darauf nichts mehr und war einfach nur froh darüber, dass seine Notlüge augenscheinlich dazu ausgereicht hatte, den Mann zufriedenzustellen. Cynthia hatte während des Weges kein weiteres Wort mehr verloren – sie ging einfach nur voraus und leitete ihnen den Weg, ohne sich davon durch irgendetwas abbringen zu lassen. Ein paar Querstraßen später hatten sie das Ziel erreicht, Cynthia blieb vor einer Tür, die zu einem Mehrfamilienhaus gehörte, stehen. Sie betätigte

einen der etwas weiter oben liegenden Klingelknöpfe, auf dem der Name *Wood* geschrieben stand. Zunächst tat sich nichts – als sie das Vorgehen dann jedoch nach ein paar Sekunden nochmal wiederholte, ging die Außenbeleuchtung an. Kurze Zeit später ertönte ein leises Rauschen, ehe eine verschlafene Stimme folgte.
»Wer ist da?«
»Diana? Ich bin's, Cindy.«
»Cindy? Was...«
Der Türöffner wurde summend betätigt, und Cynthia trat ins Innere. Nicholas und Carl blieben draußen stehen, doch Cynthia bedeutete ihnen leise, ihr zu folgen. Nicholas war das nur recht, weshalb er das auch tat. Carl zögerte einen Moment, schloss sich den beiden dann jedoch an. Sie mussten zwei Stockwerke nach oben steigen, und Nicholas merkte, wie ihn das schon an den Rand seiner Kondition trieb. *Meine Güte, du hast dich in letzter Zeit echt gehen lassen. Nachdem du die gesamten Überfälle alle geplant hast, hast du eindeutig zu viel Zeit in den ganzen Fast Food Buden des Landes verbracht, auch, wenn man es dir nicht zwingend ansieht.* Diana stand derweil schon in der geöffneten Tür. Aus dem Inneren fiel ein Spalt Licht auf den Flur, der sie anleuchtete. Sie schien ein paar Jahre älter zu sein als Cynthia. Der Schlafanzug, den sie trug, lag sanft auf ihrer Haut und war auf Höhe ihrer Brüste sogar durchschimmernd. Nicholas gelang es, einen Blick auf ihre Brustwarzen zu werfen, und spürte, wie ihm bei dem Anblick unten herum warm wurde. *Es kann doch nicht sein, dass dich jedes weibliche Wesen geil macht. Dein letztes Mal ist eindeutig zu lange her.* Er erinnerte sich ungern daran, wie er vor etwa einem Jahr mit einer Prostituierten geschlafen hatte. Auch, wenn das eine Menge Druck von

ihm genommen hatte und er den Akt für wenige Sekunden auch genossen hatte, so war das im Nachhinein falsch gewesen. Dieses eine Mal hatte dazu ausgereicht, sich in die Frau zu verlieben – sie hatte das Ganze jedoch recht professionell aufgenommen und ihn direkt abgewiesen, nachdem er ihr die Summe mitsamt eines saftigen Trinkgelds gezahlt hatte.

»Cindy... was ist los? Und wer sind diese beiden Typen?«
Diana zog eine Augenbraue hoch und blickte ihre Freundin fordernd an.
»Das ist eine lange Geschichte. Die beiden haben mich gerettet. Dürfen wir reinkommen? Bitte.«
Diana überlegte einen Moment, entschied sich dann jedoch dazu, sie reinzulassen. Nicholas konnte ihr jedoch deutlich ansehen, dass ihr das alles andere als recht war. Vor allem der Anblick von Carl ließ sie mit der Nase rümpfen, sie verzog das Gesicht und wandte sich ab.
»Kommt mit ins Wohnzimmer. Und dann erzählst du mir, was passiert ist.«
Cynthia nickte und folgte ihrer Freundin ins Innere der kleinen und recht spärlich eingerichteten Wohnung. Dem schmalen Flur schloss sich auch bereits das Wohnzimmer an. Aus dem rechts abzweigenden Schlafzimmer drang ein schmaler Lichtstreifen herüber. Diana knipste eine Stehlampe, die sich in der Ecke, direkt neben einem Fenster, befand, an. Das Fenster war geöffnet, was dafür sorgte, dass ein kühler Luftzug ins Innere wehte. *Was ist das bisher nur für eine Nacht?* Nicholas schüttelte innerlich den Kopf. Er war zwar froh darüber, jetzt mal einen Moment lang zur Ruhe kommen zu können, doch er fühlte sich trotzdem nicht wohl in der Wohnung und hoffte, dass sie diese schnell wieder verlassen würden.

»Also, was ist passiert? Es muss ja wirklich einen schlüssigen Grund dafür geben, dass du mich mitten in der Nacht einfach so aus dem Bett klingelst.«
»Du erinnerst dich doch noch an Tom, oder?«
Diana überlegte einen kleinen Moment.
»Dieser Spinner, der dich die gesamte Zeit über nur eingeengt hat? Klar. Was für ein ekliger Typ. Was ist denn mit ihm?«
»Er hat mich unter einem Vorwand in den Wald gelockt und vergewaltigt.«
Cynthia sprach die Worte relativ klar aus. Ihre Stimme zitterte nicht mehr so wie zuvor, und es wirkte auch nicht so, als wäre sie kurz davor, erneut die Fassung zu verlieren und einen weiteren Anfall zu erleiden.
»Was? Oh mein Gott.«
Dianas Stimmung hatte sich nach den Worten von der einen auf die andere Sekunde schlagartig geändert. Sie rückte näher an Cynthia heran und legte einen Arm um die Schultern ihrer Freundin.
»Die beiden haben mich gerettet. Dieser Mistkerl ist zwar in mir gekommen, aber zum Glück konnte er danach nichts mehr mit mir anstellen. Du weißt ja, was für ein Psychopath er sein kann.«
»Habt ihr ihn schon angezeigt?«
Diana stellte die Frage, die jeder normale Mensch gestellt hätte – und brachte Nicholas so zumindest ein wenig in die Bredouille. Er entschied sich, Carl die Antwort zu überlassen – als dieser jedoch ebenfalls nicht auf die Frage einging, antwortete er doch.
»Wir wollten sie zunächst in Sicherheit bringen. Da sie ihren Vergewaltiger ja kennt, sollte sie erstmal eine Nacht drüber schlafen, ehe sie sich zur Polizei begibt.«

Diana zog in Folge dessen erneut eine Augenbraue hoch und blickte Nicholas skeptisch an.

»Das ist doch Schwachsinn. Er sollte so schnell wie möglich dingfest gemacht werden, damit er nicht noch mehr Unheil anrichten kann.«

Bevor irgendjemand etwas auf ihre Worte entgegnen konnte, erklang ein weiteres Mal in dieser Nacht die Klingel in der Wohnung von Diana Wood.

4

Der Glockenschlag ertönte kurz hintereinander in zweifacher Abfolge.
»Wer ist das denn jetzt noch?«, fragte Diana und schickte sich dazu an, ein weiteres Mal die Tür zu öffnen.
»Warte.«
Cynthia erhob sich vom Sofa und schritt auf ihre Freundin zu.
»Wir sollten vorsichtig sein. Vielleicht ist es Tom. Er kann uns heimlich verfolgt haben.«
»Dieser nackte Psychopath?«, fragte Carl.
»Er hat mir einen linken Haken verpasst und hat sich dann verpisst. Er wird ganz woanders sein. Aber falls nicht, werde ich mich rächen.«
Er rieb sich symbolisch über beide Hände, die er zu Fäusten geformt hatte.
»Ich werde auf jeden Fall nachschauen müssen«, setzte Diana der Diskussion ein Ende.
»Sei vorsichtig«, wiederholte Cynthia sich und hielt einen gewissen Sicherheitsabstand.
Nicholas und Carl taten es ihr gleich – alle blieben im Wohnzimmer, einzig und allein Diana wagte sich durch den Flur zur Tür, die direkt ins Treppenhaus führte, hervor. Sie betätigte die Gegensprechanlage, was dazu führte, dass Nicholas erneut das leise Rauschen vernahm – dieses Mal jedoch aus einer anderen Position heraus. *Diese Nacht wird immer verrückter. Wer treibt sich noch hier herum und klingelt um diese Uhrzeit?*
»Wer ist da?«
Diana hatte sich mit ihren Worten ein paar Sekunden Zeit ge-

lassen, und klang jetzt lange nicht so selbstsicher wie zuvor. Eine gewisse Angst schwang in ihrer Stimme mit, doch Nicholas konnte das absolut nachvollziehen.
»Entschuldigen Sie die Störung. Wir sind hier, um mit Ihnen über Gott zu reden. Würden Sie uns hereinlassen?«
Die Worte, die rauschend durch den Lautsprecher in die Wohnung drangen, warfen noch mehr Fragezeichen im Kopf von Nicholas auf, als eh schon vorhanden waren. *Um diese Uhrzeit laufen noch Zeugen Jehovas durch die Straßen. Wahnsinn. Die Welt wird immer bekloppter.*
»Haben Sie mal auf die Uhr geschaut? Es ist mitten in der Nacht!«
»Bitte, Madame, lassen Sie uns rein. Es ist wirklich wichtig. Sie müssen sich nur eine Minute Zeit nehmen, und ich schwöre Ihnen, dass wir Ihre Sicht auf die Welt nachhaltig verändern werden.«
Da Diana um diese Uhrzeit scheinbar absolut keine Lust mehr auf jegliche Art von Diskussion hatte, gab sie nach und betätigte den elektrischen Türöffner, woraufhin zwei Personen ins Treppenhaus traten. An ihrem Gesicht war abzulesen, dass sie absolut keine Nerven mehr für eine solche Situation hatte und einfach nur wieder schlafen gehen wollte – und Nicholas konnte sie da absolut verstehen. Auch er spürte jetzt, nachdem sich die Situation ein wenig beruhigt hatte, die Müdigkeit in sich aufsteigen. *Wie schön wäre es, sich jetzt einfach nur aufs Sofa zu legen und wegzudämmern.* Allerdings wusste er auch, dass jegliche Form von Schlaf noch weit entfernt lag, weshalb er versuchte, seinen Blick wieder für die aktuelle Situation zu schärfen. Die Schritte im Treppenhaus wurden nach und nach lauter, und kurze Zeit später standen bereits zwei Personen direkt vor

der Tür von Diana. Nicholas konnte nur einen kurzen Blick auf die Gestalten werfen, doch eben dieser kurze Blick reichte bereits dazu aus, dass die Alarmglocken in seinem Inneren zum zweiten Mal in dieser Nacht schrillten. Die Stimme, die am Lautsprecher freundlich geklungen hatte, gehörte zu einem Mann, der eine Sturmhaube auf dem Kopf und ein Sturmgewehr in der Hand trug. Nicholas blickte sich fieberhaft nach einem Gegenstand um, den er als Waffe nutzen können würde – doch bis auf einer Fernbedienung, die auf dem Couchtisch lag, konnte er nichts entdecken.

»In Deckung!«, wies er Cynthia und Carl an, die sich hinter ihm befanden.

Diana versuchte, die beiden Männer, die sich ihren Weg ins Innere bahnen wollten, aufzuhalten – doch der mit dem Sturmgewehr in der Hand kannte keine Gnade. Als er den Widerstand erkannte, feuerte er Diana ohne zu zögern eine Kugel in den Kopf. Der Knall, in dessen Folge ihre Schädeldecke aufplatzte, hallte im gesamten Treppenhaus wider. Eine Mischung aus Blut und Gehirnmasse verteilte sich auf dem Teppich, und kurz darauf erklang bereits ein spitzer Aufschrei von Cynthia in Nicholas Rücken. Er stand nun Angesicht zu Angesicht dem bewaffneten Mann mit der Sturmhaube über dem Kopf gegenüber. Selbiger verpasste dem Leichnam von Diana Wood noch einen Tritt gegen den zerplatzten Schädel, woraufhin ein Augapfel aus der gesprengten Höhle herauskullerte und in Richtung der Küche rollte. Er hinterließ eine schmierige Spur auf dem Parkettboden, und Nicholas versuchte, seinen Blick irgendwie abzuwenden. Der Mann hob sein Gewehr zwar, doch er machte keine Anstalten, eine weitere Kugel zu verschießen.

»Wo ist der Ring?«

Der Mann sprach mit einem osteuropäischen Akzent. Es schien sich dabei nicht um denjenigen zu handeln, der Diana hatte weismachen wollen, dass sie bloß über Gott sprechen wollten. *Wie konnte sie denen bloß die Tür öffnen?*
»Was für ein Ring?«
Nicholas spürte, wie ein kalter Schauder seinen Körper durchzuckte. *Scheiße. Jetzt bin ich geliefert. Da scheint wohl doch jemand etwas von meinem Überfall mitbekommen zu haben.*
»Wir haben alles gesehen. Wo ist der verdammte Ring?«
»Ich habe ihn nicht!«
Warum zur Hölle denken sie, dass ich den Ring habe? Nicholas konnte sich die Situation absolut nicht erklären und hoffte irgendwie auf eine Art Wunder, welches ihn aus der Situation heraushelfen würde. *Er ist kurz davor, die Geduld zu verlieren. Aber was soll ich tun?* Ehe der Mann, der sein Sturmgewehr in die Höhe hob, jedoch ein weiteres Wort verlieren konnte, vernahm Nicholas zwei kurz hintereinander folgende, laute Knalle. Nur Sekunden nacheinander kippten die beiden Männer zu Boden – gefällt durch zwei gezielte Schüsse in den Oberkörper. Nicholas atmete erleichtert auf und drehte sich um. Direkt in seinem Rücken stand Carl – er hatte sich aus seiner vorigen Position hinter dem Sofa herausgewagt und mit einem kleinkalibrigen Revolver die beiden Schüsse abgefeuert.
»Woher...?«
»Er lag direkt hinter dem Vorhang auf der Fensterbank«, meinte Carl.
Die Hand, in der er die Waffe trug, zitterte. Er senkte die Mündung in Richtung des Bodens und wischte sich mit der freien Hand den Schweiß von der Stirn. Der Obdachlose wirkte so, als würde er die Situation, in der sie sich gerade befinden, noch

nicht so richtig realisieren. Das konnte ihm Nicholas allerdings auch nicht verübeln, er hatte selbst arge Schwierigkeiten, das, was in den letzten Minuten geschehen war, richtig einzuordnen. Sein Blick schweifte wieder zur Leiche von Diana. *Scheiße, sie ist nur wegen mir tot. Sie ist eine von vielen, die wegen mir schon ihr Leben verloren hat. Doch dieses Mal fühlt es sich irgendwie anders an als sonst, weil es realer ist. Weil sich der gottverdammte Leichnam direkt vor meinen Füßen befindet.*
»Lasst uns von hier verschwinden und uns schleunigst zur Polizei begeben«, murmelte Carl.
Nicholas nickte bloß – er würde sich nur verdächtig machen, wenn er das jetzt in dieser Situation verneinen würde. *Ich muss mich dann eben kurz vorher von den beiden trennen. Das wird mir schon irgendwie gelingen.* Er wusste, dass er sich während des Weges eine glaubwürdige Geschichte zurechtlegen musste, hatte aber Vertrauen darin, dass er das schaffen würde. Carl steckte den Revolver ein und ging dann voraus, um die Wohnung zu verlassen. Nicholas drehte sich um und kümmerte sich kurz um Cynthia, die noch immer hinter dem Sofa kauerte. Er wusste nicht, was er zu ihr sagen sollte – immerhin war das, was sie in der letzten Stunde hatte erleben müssen, mehr als nur traumatisierend. *Sie wurde in kurzer Zeit von ihrem Exfreund brutal vergewaltigt und hat dann mit ansehen müssen, wie ihre Freundin von skrupellosen Mördern regelrecht hingerichtet wurde.*
Ohne ein Wort zu verlieren, richtete Cynthia sich nun wieder auf. Sie schien zu wissen, dass es die beste Entscheidung war, den beiden Männern zu folgen, weshalb sie das kurz darauf auch tat. Nicholas verließ als letzter die Wohnung und warf im Vorbeigehen noch einen unfreiwilligen Blick auf den am Boden liegenden Leichnam. Das dünne Schlafanzughemd war der auf

dem Rücken liegenden Diana beim Sturz auf den Boden so weit verrutscht, dass ihr Bauch und ihre Brüste komplett offen lagen. Dieser Bereich an ihr war von der Kugel komplett unversehrt, nur ein paar Zentimeter weiter oben hatte das Projektil allerdings einen tödlichen Schaden angerichtet. *Jetzt hör auf, eine Tote anzugaffen, du verdammter Idiot!* Nicholas wusste nicht, warum er seine Augen nicht von den nackten Brüsten der Frau nehmen konnte, und zwang sich daher sehr schnell, die Wohnung zu verlassen, um die Leiche schnell aus dem Blick zu verlieren. Im Treppenhaus war niemand zu sehen. Das Geräusch der drei Schüsse schien die Menschen so weit verschreckt zu haben, dass sich niemand auf den Hausflur traute – anders konnte sich Nicholas den Umstand nicht erklären. Das Licht hingegen war weiterhin an – es wirkte also irgendwie so, als wäre rein gar nichts passiert.

»Weißt du, über was die beiden gesprochen haben? Es schien um einen Ring zu gehen.«

Carl stellte die Frage, die in den letzten Minuten im Raum herumgeschwebt war. Nicholas hatte fast damit gerechnet, dass das irgendwann zur Sprache kommen würde, war über den Zeitpunkt allerdings überrascht.

»Nein, ich habe keine Ahnung«, sagte er daher.

Es ist noch absolut nicht die Zeit, mich denen anzuvertrauen. Was habe ich in den letzten Jahren gelernt? Traue niemandem außer dir selbst. Dieses Mantra hatte ihn viele Jahre lang begleitet und ihm den Weg gewiesen – und ohne diesen Gedanken wäre er vermutlich nicht dorthin gekommen, wo er sich jetzt befand – was sowohl als positiver, als gewissermaßen auch als negativer Aspekt gesehen werden konnte.

»Das waren keine normalen Menschen, denen man einfach so

auf der Straße begegnet.«

Die Worte kamen dieses Mal nicht von Carl – zur Überraschung von Nicholas hatte sie Cynthia, die ihnen in den letzten Minuten still gefolgt war, ausgesprochen. Sie klang so, als hätte sie sich zumindest etwas gefangen, auch, wenn sie weiterhin unter Schock stehen musste.

»Das waren Auftragskiller. Leute, die einen Befehl ausführen mussten. Und dieser muss ja von irgendwo gekommen sein.«

Schlaues Mädchen, dachte Nicholas, sprach es aber nicht aus. Er wollte es sich nicht anmerken lassen, doch Cynthia brachte ihn mit ihren Worten ziemlich in die Bredouille. Er versuchte daher, einfach cool zu bleiben, und eine schlagfertige Antwort zur Sprache zu bringen.

»Damit magst du recht haben, doch ich fürchte, da wird eine Verwechslung vorliegen. Ich habe nichts mit Ringen zu tun – weder war oder bin ich verheiratet, noch war oder bin ich ein verdammter Junkie.«

»Eine für Diana tödliche Verwechslung«, gab Cynthia spöttisch zur Antwort, während sie die Straße herunterschritten. Die Dunkelheit fühlte sich beklemmend an, selbst die meisten Laternen gaben um diese Uhrzeit kein Licht mehr ab. Einzig und allein die Außenbeleuchtungen an vereinzelten Häusern sorgten dafür, dass sie sich nicht komplett blind durch die Gegend bewegen mussten. *Ich war wirklich schon an schöneren Orten*, dachte Nicholas, während er den beiden folgte. *Warum muss es ausgerechnet so eine öde Stadt sein? Der Überfall auf das Landhaus damals war etwas ganz anderes. Felder, idyllischer Wald... keinerlei Zivilisation und keinerlei schräge Typen, die mit Revolvern durch die Gegend liefen und Leute einfach niedergemäht haben.* Nicholas entschied sich dazu, auf Cynthias

Bemerkung nichts mehr zu entgegnen – aus dem einfachen Grund, dass ihm ein Stück weit die Worte fehlten. Er hoffte einfach, dass sie den Weg zur Polizeiwache schnell finden würden, und, dass er die beiden dann loswerden würde. Im Grunde wollte er einfach nur nach Hause, doch das würde er wohl kaum so schnell schaffen. *Sechs Stunden reine Autofahrt, das schaffe ich nie, ohne am Steuer einzuschlafen.* Er musste sich etwas anderes einfallen lassen, doch das war ihm vollkommen egal – er würde sogar unter einer Brücke schlafen, wenn er die Gewissheit hatte, dort sicher zu sein. *Bei den Leuten, die hier draußen herumlaufen, ist diese Sicherheit jedoch keineswegs gegeben.* Sein Begleiter Carl schien das Gegenteil eines stereotypischen Obdachlosen zu sein. Sein Aussehen ließ zwar darauf schließen, dass er sein Leben auf der Straße verbrachte, doch seine Art war alles andere als verdorben. Ganz im Gegenteil, er wirkte auf ihn relativ souverän und herzlich. Cynthia hingegen konnte er nicht einschätzen. Er warf dem Mädchen, welches ihren Groll ihm gegenüber nun scheinbar abgelegt und ihren Blick in die Ferne gerichtet hatte, einen heimlichen Blick zu. *Ich darf ihr das eben nicht übelnehmen, ich habe sie in einer Extremsituation kennengelernt. Wer weiß, wie sie sonst reagiert hätte.* Während er sich weiter über all die Dinge, die er nicht beeinflussen konnte und von denen er absolut keine Ahnung hatte, Gedanken machte, folgte er Carl, der sie wie ein Kompass durch die engen, nächtlichen Straßen der Stadt führte. Etwa fünf Minuten später war aus der Ferne bereits die beleuchtete Polizeidienststelle zu sehen. Sie lag am Ende einer Seitenstraße, etwas versteckt, jedoch mitten im Zentrum der Stadt. Nicholas hielt nun bewusst etwas Abstand, da ihm weiterhin noch keine Idee gekommen war, wie er sich aus der Situation befreien können würde. Nur Sekunden später vernahm er ein lautes Klingeln. Er konnte die Richtung des Geräusches zunächst nicht genau bestimmen, als er sich jedoch darauf konzentrierte, erkannte er, dass es sein Handy war. Er benutzte einen standardmäßigen Klingelton – einen von denen, die jeder zweite in direkter Umgebung haben musste. Stirnrunzelnd stoppte er, nestelte in seiner Hosentasche herum und zog es hervor. Auf dem Display stand keine Nummer – der Anruf war anonym, und Nicholas spürte, wie sich ihm der Magen zusammenzog. *Das kann nichts Gutes bedeuten.* Mit schweißnassen und zitternden Händen betätigte er die grüne Taste, mit der er den Anruf entgegennahm.

»Hallo?«

Er wusste nicht, warum das so war, doch die Nervosität hatte ihn in diesem Moment komplett eingenommen. Er bekam kaum ein Wort heraus, weshalb er es bei dem kurzen *Hallo* beließ. Und er sollte mit seiner schlimmsten Vermutung recht behalten.

»Wenn ihr noch einen Schritt weiter geht, seid ihr alle tot. Begebt euch auf direktem Wege zur Kirche, wenn ihr weiterleben wollt.«

5

Ein kurzes Piepen signalisierte ihm, dass der Anruf nach wenigen Sekunden bereits beendet war. Nicholas blieb wie angewurzelt stehen. Das schien Carl sofort mitbekommen zu haben, er befand sich zwar ein paar Meter voraus, hatte sich aber direkt zu ihm umgedreht, als er das Gespräch wieder beendet hatte.
»Ist alles in Ordnung?«
Nicholas schüttelte den Kopf.
»Wir dürfen nicht zur Polizei. Bitte stellt keine Fragen. Carl, wo geht es zur Kirche?«
Der Obdachlose zog eine Augenbraue hoch. Er stand direkt unter dem blauen Licht, welches zur Beleuchtung der Polizeidienststelle gehörte, weshalb Nicholas jede einzelne Regung in seinem Gesicht wahrnehmen konnte. Carl wirkte enorm skeptisch, und Nicholas konnte es ihm nicht verübeln. *Entweder, der mysteriöse Anrufer hat uns schon die gesamte Zeit über beobachtet und somit mitbekommen, dass ich als erstes zur Kirche wollte, oder aber, es handelt sich um einen verrückten Zufall.* Der Gedanke daran, bei jedem Schritt beobachtet zu werden, trieb ihm eine Gänsehaut auf den Körper.
»Was geht hier vor sich?«
Er sprach eine Nuance zu laut, weshalb Nicholas die Lautstärke mit seinen nächsten Worten etwas senkte, so, dass er fast flüsterte.
»Ich weiß es doch auch nicht, verdammt. Ich werde das Gefühl nicht los, dass hinter dem Ganzen noch mehr steht. Die Leute, die Diana umgebracht haben, sind zwar tot, doch da scheint mehr hinter zu stecken, als ein einfacher Mord. Ich wurde eben

am Telefon bedroht.«
Nicholas entschied sich, zumindest bei dem Thema dazu, die vollständige Wahrheit weiterzugeben.
»Verdammt, ernsthaft? Dann sollten wir wirklich dem Folge leisten, was die am Telefon gesagt haben.«
»Ihr tickt doch wohl nicht ganz richtig. Ich bin raus.«
Die Worte, die Cynthia nun aussprach, waren wohl die Folge der Dinge, die ihr heute widerfahren waren. Augenscheinlich war der jetzige Vorschlag von Nicholas der entscheidende Tropfen gewesen, der das Fass in ihrem Inneren endgültig zum Überlaufen gebracht hatte. Nicholas erkannte die Gefahr der Situation, wollte sie stoppen, doch sie schlug ihm seine Hand von der Schulter. Ohne ein weiteres Wort zu verlieren, verschwand sie durch die Glastür ins Innere der Wache.
»Ich muss weg von hier«, sagte Nicholas, da er sich absolut unwohl in seiner Haut fühlte.
»Kommst du mit?«
Es dauerte nicht lange, bis der Obdachlose ihm geantwortet hatte.
»Ey, man, ich habe kein Zuhause. Natürlich komme ich mit, wo soll ich denn sonst hin?«
Der letzte Teil der Frage galt auch für ihn, das wusste Nicholas ganz genau – er erwähnte das jedoch nicht, da er keine Unruhe stiften wollte.
»Dann führe uns bitte zur Kirche.«
Carl ging voraus, und Nicholas folgte ihm erneut. Es schien für den Obdachlosen keine Rolle zu spielen, dass er sich nicht in der Stadt auskannte. Der Mann hinterfragte nichts, sondern vertraute ihm einfach blind. *Wenn er wüsste, dass ich ein Krimineller bin, würde er mir wahrscheinlich genauso eine überbraten,*

wie er es bei diesem nackten Psychopathen getan hat. Diese Stadt hier beherbergt wirklich seltsame Kreaturen. Sei es der psychopathische Exfreund, die osteuropäischen Auftragskiller oder aber die mysteriöse Stimme am Telefon. Nicholas war schon gespannt darauf, wer oder was sie in der Kirche erwarten würde – doch ein Stück weit hatte er auch Angst, und dieses Gefühl, welches er seit Jahren in diesem Ausmaß nicht mehr erlebt hatte, überwog in diesem Moment. Seine Hände wollten gar nicht mehr aufhören zu zittern, und er fühlte sich absolut hilflos. Jeder Schritt konnte der Falsche sein, sofern er von dem abwich, was der Mann ihm am Telefon befohlen hatte. Sie hatten sich mittlerweile so weit von der Dienststelle entfernt, dass sie komplett außer Sichtweite war. *Hoffentlich ist Cynthia damit nicht mitten in ihr Unheil gelaufen.* Er konnte sich überhaupt nicht vorstellen, welche Konsequenzen ihr Verhalten haben könnte – vermutete aber, dass diese durchaus verheerend sein würden. Doch was hätte er anders machen sollen? *Hätte ich meine Bemühungen, sie von ihrem Vorhaben abzuhalten, verstärkt, dann hätte sie wahrscheinlich laut geschrien – und das wäre das Schlimmste gewesen, was hätte passieren können.* Das Letzte, was Nicholas wollte, war, hinter schwedischen Gardinen zu landen. Es wäre bereits das zweite Mal in seinem Leben – das erste Mal hatte allerdings nur ein paar Wochen gedauert, da er dann mangels Beweismaterials freigesprochen worden war – trotz seiner Schuld, die er jedoch eisern geleugnet hatte. *Wenn man einmal vom guten Pfad abkommt, wird es schwer, ihn je wieder beschreiten zu können. Man muss dann ab und zu einfach konsequent vorgehen und für das Einstehen, was man tut.* Diese Einstellung hatte ihm in den letzten Jahren zwar ein gut gefülltes Konto, jedoch keinerlei Glück gebracht. Jahrelang hatte er gedacht, dass das irgendwann automatisch zum großen Glück führen würde – doch jetzt, in den dunklen Gassen der Stadt, auf der Flucht vor einer mysteriösen Stimme am Telefon, fing er an, seine bisherige Denkweise etwas zu überdenken. Er schüttelte jedoch Sekunden später den Kopf, um jegliche Gedanken, die ihn in diesem Moment ausbremsten, wieder loszuwerden. *Kümmere dich erstmal darum, dass du deinen Arsch heil aus dieser Nacht herausbekommst. Danach kannst du über deine Erfüllung nachdenken.* Kurze Zeit später wurde es wieder heller um sie herum, woraufhin Nicholas seinen Blick hob. Sie befanden sich direkt neben einem Schuppen mit dem Namen *Jimmys Donuts*. Die Buchstaben prangten rot und blau beleuchtet über ihren Köpfen und wirkten von der Farbe her eher so, als würden sie in eine Diskothek führen. Der süßliche Geruch, den die frischen Backwaren bis auf die Straße hin ausstrahlten, sorgte dafür, dass Nicholas seinen knurrenden Magen spürte. Er konnte sich nicht daran erinnern, heute überhaupt schon etwas gegessen zu haben – und er sehnte sich danach, einen Bissen von dem fettigen Gebäck auf seiner Zunge zergehen zu lassen. Im Inneren war es komplett leer. *Ich hätte zumindest Zeit, mir etwas zu holen.* Er tastete ein weiteres Mal seine Hosentaschen ab, doch bis auf das Handy trug er nichts bei sich. *Natürlich, ich Vollidiot. Zu Überfällen nehme ich ja logischerweise nie mein Portemonnaie mit, in dem sich neben den ganzen Scheinen auch alle Papiere befinden.* Er ärgerte sich in diesem Moment unfassbar darüber, dass sich seine Brieftasche tief im Handschuhfach des geparkten Wagens befand – und hasste sich für das, was er als nächstes tat.

»Hast du... Geld dabei?«

Es war ihm enorm unangenehm, Carl nach Geld zu fragen. *Er*

bekommt am Tag, wenn es hochkommt, vielleicht zehn Dollar. Und ich besitze jetzt noch die Dreistigkeit, ihn anzupumpen.
»Ja, ich müsste noch einen Fünfer haben. Moment.«
Carl kramte in seiner rechten Hosentasche herum und förderte wenige Sekunden später einen zerknitterten Fünf Dollar Schein zutage.
»Hast du Hunger?«
Nicholas nickte.
»Okay, ich könnte auch etwas vertragen. Man gönnt sich ja sonst nichts. Komm mit.«
Er folgte dem Mann ins Innere von *Jimmys Donuts*. Zu dieser zugegebenermaßen unchristlichen Uhrzeit befand sich nur noch ein einziger Angestellter im Laden, der sein Gesicht hinter einer Boulevardzeitschrift verschanzt hatte. Er saß auf einem Schreibtischstuhl hinter der Theke, und schien erst von ihnen Notiz zu nehmen, als sie sich direkt vor ihm befanden und bereits einen ersten Blick in die Auslage geworfen hatten.
»Guten Abend. Was hättet ihr denn gerne?«
»Zwei Donuts, bitte«, meinte Nicholas.
»Für mich einmal mit Apfelmus. Welchen möchtest du?«, wandte er sich fragend an Carl.
»Den mit weißer Schokolade, bitte.«
Da die Donuts pro Stück zwei Dollar fünfzig kosteten, kamen sie mit den fünf Dollar auf den Cent genau aus. Der Mann, der laut seines Namensschildes *Archie* hieß, reichte die Donuts mitsamt jeweils einer Serviette über die Theke, nachdem er das Geld entgegengenommen hatte.
»Guten Appetit und eine angenehme Nacht, die Herren.«
Nicholas nickte dem Mann zum Abschied bloß zu und wandte sich ab. Nachdem sie schließlich den Laden verlassen und sich

ein paar Meter weiter in Richtung Kirche, die aus der Ferne nun bereits zu sehen war, gewagt hatten, drehte er sich zu Carl um.
»Danke, dass du mir was gekauft hast. Ich werde mich revanchieren.«
Er nahm einen Bissen von dem Gebäck. Es war bereits etwas trocken, was vermutlich dem Umstand geschuldet war, dass es bereits seit Stunden in der Auslage gelegen haben musste. Das Apfelmus hingegen schmeckte gut, es war leicht säuerlich und fruchtig.
»Ach, alles gut.«
Carl winkte ab und nahm seinerseits einen Bissen vom Gebäck. Dabei blätterte ein Stück der Glasur ab und verfing sich in seinem verfilzten Bart, was ihn jedoch absolut nicht zu stören schien.
»Da hinten ist die Kirche bereits. Zu dieser Uhrzeit werden wir dort normalerweise niemanden antreffen.«
Er zuckte mit den Schultern.
»Außer vielleicht den Typen, den du am Telefon hattest. Hoffen wir mal, dass er keine bösen Absichten hat.«
Nicholas wünschte sich in diesem Moment, dass zumindest ein Stück der Lockerheit, die der Obdachlose ausstrahlte, auf ihn abfärben würde. Doch das geschah nicht, ganz im Gegenteil, er wurde mit jedem weiteren Schritt, mit dem sie sich auf das nach außen unheilvoll wirkende Gebäude zubewegten, nervöser. *Er sieht das Ganze wahrscheinlich als eine Art Spiel, oder aber er ist über die Jahre, die er auf der Straße verbracht hat, so stark abgehärtet, dass es ihm rein gar nichts ausmacht. Vermutlich hat er nicht mal mehr Angst davor, zu sterben.* Das hingegen konnte Nicholas nicht von sich behaupten. *Bisher ist immer alles perfekt gelaufen, weshalb mich die Angst nie wirklich über-*

mannt hat. Sie war aber vermutlich immer ein stetiger Begleiter, der mich über Jahre geprägt hat – und Dinge normal erscheinen lassen hat, die eigentlich alles andere als das sein sollten. Nicholas entschied sich dazu, seinen inneren Monolog zu beenden, und stattdessen in einen Dialog mit Carl zu treten. Irgendwie interessierte es ihn schon, mehr über den Mann herauszufinden.
»Wie lange lebst du schon auf der Straße?«
»Seit zehn Jahren. Wobei das auch nicht so ganz stimmt, ich war zwischendurch immer mal wieder in Unterkünften, habe mich dort jedoch nie heimisch fühlen können. Zudem waren mir die anderen Obdachlosen nicht so wirklich geheuer. Viele von denen waren wirklich kriminell – Schlägertypen, Diebe, ja, ich würde sogar so weit gehen, und sagen, dass dort auch Mörder beheimatet waren. Ich habe mir nie etwas zu Schulden kommen lassen, weshalb ich es dort nicht aushalten konnte.«
Wenn das wirklich stimmt, dann habe ich komplett falsch über ihn gedacht. Nicholas versuchte, das gerade Gehörte richtig einzuordnen. *Er vertraut mir blind. Wenn ich die Polizei nicht explizit erwähne oder aber sage, dass wir uns nicht an die Hüter von Recht und Ordnung wenden dürfen, dann kommt es für ihn auch nicht in Frage. Selbst, wenn auf der anderen Seite ein verängstigtes Mädchen steht, welches in den letzten Stunden die Hölle auf Erden erlebt hatte.*
»Das kann ich gut verstehen. Fühlst du dich denn auf der Straße wohl?«
»Ich komme immerhin viel herum. Die Sommer sind recht angenehm, in den Wintern friere ich mir allerdings jedes Mal den Arsch ab. Die Medaille hat eben immer zwei Seiten, es gibt Vor- und Nachteile. So wie bei allem. Für mich überwiegen al-

lerdings die Vorteile, auch, wenn sich das merkwürdig anhören mag.«

Nicholas war erstaunt darüber – aus dem einfachen Grund, dass er sich so ein Leben absolut nicht vorstellen konnte. Er war zwar viel unterwegs und hatte schon zahlreiche Nächte in verschiedenen Hotelzimmern verbracht, doch es hatte immer, auch, wenn er mitunter wochenlang nicht mehr zuhause gewesen war, diesen einen Rückzugsort gegeben. Ein Ort, an dem er seine persönlichsten Gegenstände aufbewahrte, an dem er sich an stürmischen Abenden mal auf die Couch sinken und von dem berieseln lassen konnte, was hinter der Mattscheibe zu sehen war. All das nicht zu haben, war etwas, was für Nicholas nicht in Frage kommen würde. *Vielleicht sollte ich nach der heutigen Nacht mein altes Leben hinter mir lassen. Ich würde zwar einiges einbüßen, doch wie wäre es mit einem ganz normalen Job? Ich würde dann jeden Abend wieder nach Hause kommen. Klar, den Wagen müsste ich verkaufen, doch brauche ich diese materiellen Dinge wirklich?* Bevor er diesen Gedanken, der recht plötzlich gekommen war, zu Ende denken konnte, zwang er sich dazu, seinen Fokus wieder auf die Realität zu lenken. Sie hatten die Kirche nun fast erreicht, nur noch wenige Meter trennten sie von dem imposanten Gebäude. Es fühlte sich komisch an, diesen Ort zu dieser Uhrzeit zu besuchen, und obwohl Nicholas kein Stück gläubig war, so fühlte sich die Umgebung doch irgendwie heilig an.

»Gibt es einen Hintereingang, irgendeine Stelle, an der wir unbemerkt in die Kirche gelangen? Weißt du das?«, fragte Nicholas.

»Normalerweise nicht, doch ich besitze einen Schlüssel. Pastor Fred hat ihn mir gegeben, mit den Worten, dass ich jederzeit

Zuflucht an seinem heiligen Ort suchen können würde. Er ist vor zwei Jahren verstorben – und ich habe das Angebot seither nicht mehr genutzt.«

»Dann lass uns ins Innere, ich denke, dort sind wir sicher. So bedrohlich die Stimme auch klang – so lange derjenige, der mich angerufen hat, keinen Schlüssel besitzt, wird er uns nicht im Inneren auflauern.«

»Okay, an dem Gedanken ist etwas dran. Dann los.«

An der Hintertür angekommen, blieb Carl stehen und zog den Schlüssel hervor. Er steckte ihn ins Schloss, öffnete die Tür, und schloss sie erst wieder, als sie beide eingetreten waren. Kurz darauf verschloss er sie wieder.

»Sicher ist sicher«, murmelte er, und Nicholas konnte ihm da nur still zustimmen.

Im Inneren wehte ein kühler Luftzug. Geöffnete Fenster konnte Nicholas zwar keine entdecken, doch das hielt er nicht für ungewöhnlich. In alten Gebäuden war es ja oftmals so, dass die Wände nicht mehr komplett dichthielten und an einigen Stellen luftdurchlässig waren. All das passte auch in das Bild, welches die Kirche nach außen hin abgegeben hatte. *Ein heiliger Ort, der seine Blütezeit im Mittelalter oder sogar weit vorher gehabt hatte. Danach hat der Zahn der Zeit sein Übriges getan.* Neben zahlreichen vermoosten Stellen hatte es auch jede Menge Efeuranken an der Außenfassade gegeben – mehr hatte Nicholas mit einem flüchtigen Blick im schwachen Licht der Außenbeleuchtung nicht erkennen können.

»Und nun?«, fragte Carl, der sich ein paar Meter von ihm entfernt hatte und neben dem Altar stand.

Aus der Ferne hätte er gut und gerne ein Priester sein können, auch, wenn das äußere Erscheinungsbild vielleicht nicht so ganz

passte. Von draußen fiel ein schmaler Lichtstreifen herein, der fast wie ein Heiligenschein auf dem Kopf des Obdachlosen wirkte.
»Es muss hier irgendetwas geben. Oder aber...«
Bevor Nicholas weitersprechen konnte, hörte er das Geräusch, welches er in den letzten Sekunden bereits erwartet hatte. Sein Mobiltelefon klingelte nun bereits das zweite Mal in dieser Nacht, und allein der Ton, der in der alten Kirche unheimlich laut widerhallte, sorgte dafür, dass er eine Heidenangst bekam.

6

»Nicholas Winston.«

Er entschied sich dieses Mal dazu, den Anruf nicht bloß mit einem *Hallo* entgegenzunehmen – nein, er wollte dem Mann seinen Namen nennen, und versuchte dabei, möglichst selbstsicher und stark rüberzukommen. *Der, der mich anruft, wird vermutlich sowieso wissen, wie ich heiße. Es spielt also absolut keine Rolle und es macht somit keinen Sinn, das zu verheimlichen.* Er schaltete das Gespräch nun sogar auf laut, damit Carl, der zu ihm herübergeschritten gekommen war und sich dicht an ihn gedrängt hatte, mithören konnte.

»Du befindest dich ja bereits in der Kirche – sehr gut, ich hätte nicht gedacht, dass das so schnell geht. Nun musst du allerdings etwas tun, wovon ich weiß, dass du es nicht machen wirst. Dennoch solltest du meinem Befehl Folge leisten, da ihr beide sonst mit eurem Leben bezahlen werdet. Du musst den Ring in das Taufbecken werfen – wenn du das tust, lasse ich dich in Ruhe. Ich weiß, dass du bei dem Überfall auf das Juweliergeschäft in der heutigen Nacht dabei gewesen und das wertvolle Schmuckstück an dich genommen hast. Es handelt sich jedoch nicht bloß um einen einfachen Ring – nein, er besitzt eine Magie, die in den falschen Händen verheerende Dinge ausrichten kann. Also, wirf den Ring ins Becken. Wir hören uns später wieder, sobald du deine Aufgabe erledigt hast – oder auch nicht. Dein Glück liegt in deinen Händen.«

Bevor Nicholas etwas entgegnen konnte, war das Gespräch erneut beendet. Einen Moment lang herrschte komplette Stille. Carl schien eine Weile zu brauchen, um das Gehörte zu verar-

beiten – bevor er jedoch auch nur eine einzige Frage stellen konnte, fuhr Nicholas ihm bereits ins Wort.
»Hör zu, ich erkläre alles, sobald wir uns in Sicherheit befinden, okay? Jetzt ist dafür keine Zeit. Du musst mir nur eine Sache glauben: ich besitze den angesprochenen Ring nicht. Und die Tatsache, dass mir das nicht abgenommen wird, bereitet mir verdammte Kopfschmerzen.«
Er rieb sich symbolisch mit beiden Daumen über die Schläfen und versuchte dabei, nachzudenken.
»Und du hast wirklich den Juwelier überfallen? Heute Nacht? Man, ich habe gar nichts davon mitbekommen. Das angerückte Polizeiaufgebot hätte man doch weit hören müssen.«
»Es gab ja eben kein angerücktes Polizeiaufgebot.«
Nicholas nahm sich ein paar Sekunden Zeit, um sich innerlich zu sammeln, und hoffte, dass er es mit seinen Worten schaffen würde, Carl zumindest ein wenig auf seine Seite zu ziehen. Es war ihm immens wichtig, die Sache dieses Mal nicht allein durchziehen zu müssen.
»Ich sollte dir vielleicht verraten, dass dies mein Job ist. Jetzt, in diesem Moment, hier, an diesem heiligen Ort, schäme ich mich fast, darüber zu reden. Aber vielleicht ist heute ja auch der perfekte Tag, um meine Vorgeschichte hinter mir zu lassen. Ich war gemeinsam mit meinen beiden Kollegen Isaac und Samuel zu besagtem Juwelier unterwegs. Der Überfall verlief in den ersten Sekunden nach Plan, bis wir eben auf diesen Ring gestoßen sind. Ich habe sofort gemerkt, dass dieses funkelnde Objekt kein stinknormales Schmuckstück war. Als wir ihn dann an uns nehmen wollten... platzte plötzlich ein Mann in den Raum. Er war schwer bewaffnet und hat meine beiden Kollegen ohne mit der Wimper zu zucken getötet. Ich habe dann einfach meine

Beine in die Hand genommen und bin gerannt – mitten durch die von einem Schuss zerbrochene Schaufensterscheibe. Daher habe ich auch diese Verletzungen.«

Nicholas zog den Ärmel seines Pullovers hoch und deutete dabei auch auf seine Hand. Er hatte sich nun doch relativ spontan dazu entscheiden, die Wahrheit zu erzählen – denn dann würde er immerhin endgültig wissen, ob er auf den Obdachlosen bauen und ihn als Vertrauensperson mit einbeziehen konnte, oder nicht.

»Und du bist sicher, dass sie beide auch wirklich getötet wurden?«

Die Frage, die Carl nun stellte, verstand Nicholas nicht so ganz.

»Ich habe gesehen, wie die Kugeln in ihren Köpfen eingeschlagen sind. Also ja, sie sind beide tot.«

»Irgendjemand wird den Ring geklaut haben. Versuch doch einfach mal, deine Kollegen anzurufen.«

»Ich soll sie anrufen?«

Nicholas verstand nicht wirklich viel von dem, was Carl erzählte. Zudem war er überrascht davon, dass dieser ihm weiterhin vertraute. *Irgendwo muss doch der Haken sein.* Doch selbigen sah Nicholas selbst dann auch nicht, als Carl weitersprach.

»Irgendjemand wird euch dabei beobachtet haben, wie ihr in das Geschäft eingebrochen seid. Und derjenige wird wahrscheinlich gesehen haben, dass du davongekommen bist. Spinnen wir die Geschichte mal etwas weiter – sobald die Luft rein ist, begibt sich die Person zum Tatort, und muss feststellen, dass der Ring fehlt. Die Frage ist dann nur, wie viele Leichen sich im Geschäft befanden. Und das findest du nur raus, wenn du wirklich alles hinterfragst.«

Die Erklärung klang für Nicholas zumindest ein wenig schlüssig, weshalb er tatsächlich erneut sein Handy herausholte. *Ich werde mich doch nicht so heftig getäuscht haben.* Er öffnete das digitale Kontaktbuch und klickte sich durch die verschiedenen Namen, bis er bei *Samuel Green* angekommen war. *Ich bin doch wirklich vollkommen bescheuert.* Da er allerdings keine weiteren Anhaltspunkte hatte und er einfach wissen musste, was an dieser mysteriösen Geschichte dran war, betätigte er die Wahltaste. Nach einer halben Minute Wartezeit beendete er das Gespräch und suchte die Nummer heraus, die er unter *Isaac Marin* abgespeichert hatte. Auch hier betätigte er Sekunden später die Wahltaste und wartete, bis ihm der monotone Ton signalisierte, dass eine Verbindung aufgebaut wurde. Auch hier tat sich nach einer halben Minute nichts – doch in dem Moment, in dem Nicholas sich bereits anschickte, das Gespräch zu beenden, wurde es entgegengenommen.

»Isaac Marin.«

Die Worte, die die bekannte Stimme, die durch ein leichtes Rauschen in der Leitung etwas verzerrt klang, aussprach, jagten ihm augenblicklich eine Gänsehaut auf den Rücken. *Oh mein Gott. Spreche ich etwa schon mit Toten?* Hilfesuchend ließ er seinen Blick zu Carl herüberschweifen. Da er sein Handy weiterhin auf laut geschaltet hatte, hatte dieser mitbekommen, dass sich etwas in der Leitung getan hatte – und ihm diesbezüglich einfach nur kurz zugezwinkert, jedoch kein Wort verloren.

»Hallo?«

»Isaac? Ich bin's, Nicholas.«

Seine Stimme fing an zu zittern, und er wurde mit jeder Sekunde nervöser. *Wie ist das möglich?*

»Nicholas? Oh, ich hätte nicht damit gerechnet, dass du mich anrufst. Gibt es einen Grund?«

Normalerweise hätte Nicholas das auch nicht getan – sie hatten schon immer die Anweisung gehabt, jeder für sich selbst zu kämpfen, wenn mal eine Sache aus dem Ruder laufen sollte. *Anrufe können nachverfolgt werden, und es wäre enorm dumm, wenn zwei hinter Gittern landen, weil einer nicht aufgepasst hat.*
»Ja, es gibt einen Grund.«
Nicholas hatte sich mittlerweile gesammelt. Er wollte sich seine Verwirrung auf gar keinen Fall anmerken lassen, weshalb er versuchte, einfach ganz normal weiterzusprechen. Erst jetzt, wo er das Handy so verkrampft in der Hand hielt, merkte er, dass seine Finger noch immer ziemlich klebrig vom Donut waren.
»Hast du den Ring mitgenommen?«
»Ja.«
Isaac schien am anderen Ende der Leitung direkt zu wissen, worüber Nicholas sprach – und das verwunderte diesen auch nicht wirklich. *An diesen Ring werden wir uns noch jahrelang erinnern.* Nicholas wurde das Bild in seinem Inneren nicht los. *Die ganzen Farben, das Licht, was in jede erdenkliche Richtung reflektiert ist...*
»Bist du noch dran?«
Isaacs Stimme klang langsam ungeduldig.
»Ja, entschuldige. Wo bist du gerade? Wir müssen uns unbedingt sehen.«
»Du weißt doch, dass das nicht geht. Ich befinde mich noch immer auf der Flucht, und ich darf dir nicht verraten, wo ich bin. Es ist zu riskant.«
»Du musst den Ring dringend loswerden.«
Nicholas entschied sich, direkt zur Sache zu kommen. Es bestand durchaus die Möglichkeit, dass Isaac das Gespräch in den

kommenden Sekunden wieder beenden würde, und dann würde Nicholas mit leeren Händen dastehen. Er zweifelte kein Stück daran, dass die unbekannte Stimme am Telefon, die ihn bisher zwei Mal kontaktiert hatte, das tun würde, was sie angedroht hatte. Immerhin waren sie ja bereits einmal knapp mit dem Leben davongekommen – die Auftragskiller in der Wohnung von Diana Wood hatten zwar nicht wirklich tief entschlossen gewirkt, doch das Blatt konnte sich in der heutigen Nacht jederzeit wenden.

»Bist du verrückt? Was meinst du, was Hugo da für Augen machen würde. Der Ring wirkt wie ein magisches Relikt. Wenn wir den an den richtigen Mann bringen, haben wir für unser komplettes Leben ausgesorgt!«

Ein lautes Rauschen trat plötzlich in der Leitung auf – es klang so, als würde ein LKW an Isaac vorbeirasen. Kurz darauf wiederholte sich das Geräusch, ehe es wieder leiser wurde.

»Tut mir leid, ich befinde mich auf gefährlichem Boden. Ich muss Schluss machen. Wir sehen uns hoffentlich bald wieder, Nicholas.«

Ohne eine Verabschiedung abzuwarten, hatte Isaac das Gespräch bereits beendet. Nicholas starrte noch eine Weile fassungslos auf das Display des Handys und wandte sich dann an Carl.

»Verdammte Scheiße. Was sollen wir jetzt tun?«

Er fühlte sich in diesem Moment absolut unfähig dazu, eine Entscheidung zu treffen. Zudem begann sein Kopf, unangenehm zu schmerzen, und er wünschte sich nichts sehnlicher, als eine Tablette – doch diese befand sich neben all seinen Papieren und seiner Brieftasche im Handschuhfach seines Autos, welches in unerreichbarer Ferne geparkt in einer Seitenstraße stand.

»Uns bleibt nichts anderes, als abzuwarten. Ich habe irgendwie das Gefühl, dass uns der mysteriöse Anrufer beobachtet. Lass uns hier in der Kirche ein wenig umschauen, vielleicht finden wir ja irgendetwas, was darauf schließen lässt, dass uns der Mann genau hierhin beordert hat. Und wenn dein Telefon das nächste Mal klingelt, solltest du wieder rangehen.«
Nicholas gefiel die Abhängigkeit, die sie mittlerweile von der unbekannten Person hatten, überhaupt nicht. Generell hasste er es, wenn ihm selbst die Hände in gewissen Situationen gebunden waren – und das traf jetzt gerade sogar doppelt zu. *Zum einen ist da die Sache, dass ich keinen blassen Schimmer habe, wo sich Isaac aufhält. Und zum anderen kann ich auch nicht von hier weg, weil das wiederum dem Anrufer nicht gefallen würde.* Er setzte sich auf eine der viele Bänke, die sich direkt in der Nähe befanden, und atmete tief durch. *Nun, er muss sich irgendwo befinden, wo LKWs vorbeifahren. Das waren schließlich mindestens zwei hintereinander, was die ruhigen Gebiete der Stadt schonmal direkt ausschließt. Vielleicht hält er sich in der Nähe des Highways auf?* Wenn das allerdings der Fall war, das wusste Nicholas, dann wäre die Chance relativ gering, ihn zu finden. Nein, er musste sich etwas anderes einfallen lassen.
»Lass uns die Kirche von oben bis unten absuchen. Es muss hier irgendetwas geben, weshalb mich der Mann am Telefon hierhergelockt hat. Bist du damit einverstanden?«
Carl zuckte mit den Schultern, und Nicholas wertete das als Zeichen der Zustimmung.
»Dann lass uns loslegen.«

7

Sie starteten zunächst damit, den Altarraum komplett auf den Kopf zu stellen. Beide nahmen sich eine Seite vor, doch auf den zahlreichen Bänken, an denen die rote Farbe überwiegend schon komplett abgeblättert war, gab es nichts zu finden. Direkt danach durchsuchte Nicholas den Altar, auf dem sich bloß eine aufgeschlagene Bibel, eine Streichholzschachtel und das Taufbecken in der Nähe befanden. *Was soll es denn überhaupt bringen, den Ring dort hineinzuwerfen?* Er warf einen Blick ins Becken, fand jedoch auch dort nichts Außergewöhnliches vor. *Vielleicht soll ich ihn dort auch einfach nur ablegen, damit der mysteriöse Anrufer ihn an sich nehmen kann. Vielleicht will mich die Stimme auch nur einschüchtern – und uns so unserer Beute berauben.* Er konnte sich immer noch nicht erklären, wie Isaac überlebt hatte – doch das war scheinbar der Fall, weshalb er das Wort *uns* verwendete. Der jetzige Gedanke trieb ihn nochmal in eine komplett andere Richtung, während er einsehen musste, dass auch seine aktuelle Suche nicht von Erfolg geprägt war.

»Es gibt hier noch ein paar weitere Räume, unter anderem das *Liebeszimmer* vom ehemaligen Pastor Jens Grafenberg. Grafenberg kam in Folge des zweiten Weltkriegs von Deutschland in die Staaten und ließ sich als Gläubiger in dieser Kirche nieder. Er war der nette, fürsorgliche Pastor von nebenan, bis sein schreckliches Geheimnis ans Licht kam.«

Carl legte eine längere Pause ein, was Nicholas, den diese Geschichte durchaus interessierte, dazu verleitete, nachzuhaken.

»Und? Was war sein Geheimnis?«

»Er hat mehrere Kinder entführt, vergewaltigt und sogar ermordet. Die Leichen hat man nie gefunden, bloß einen Haufen Knochen tief im Wald, zu dem Grafenberg die Polizei selber geführt hat.«
»Und wie ist die Geschichte des Pastors zu Ende gegangen?«
»Er wurde im Knast von seinen Mitinsassen gehängt. Manchmal erlebt man eben doch, dass Gewalt die einzig richtige Lösung ist. Die Leute im Gefängnis haben da ein Gespür vor – und seien wir mal ehrlich, was ist schlimmer? Vergewaltigung eines Kindes oder so Dinge wie Steuerhinterziehung?«
Nicholas wusste genau, was er meinte. Bei kriminellen Angelegenheiten wurde oft mit zweierlei Maß gemessen, doch es gab eben einfach kein perfektes Vorgehen. Jeder Fall war auf seine Art und Weise einzigartig, es gab Besonderheiten, die sich in manchen Fällen als strafmildernd erwiesen. *Es geht halt doch eben immer nur ums Geld. Da spielen Einzelschicksale leider keine Rolle.*
»Ich bin ganz deiner Meinung«, gab Nicholas zu, und merkte erneut, dass es sich anfühlte, als würde er sein altes Leben in dieser Nacht ein Stück weit hinter sich lassen. Als Carl darauf nicht antwortete, setzte er das Gespräch stattdessen fort.
»Weißt du, wo sich dieses Zimmer befindet?«
Carl nickte.
»Kannst du es mir zeigen?«
Er zögerte einen Moment, ehe er erneut schwach nickte.
»Es ist nichts für schwache Nerven. Als ich das erste Mal auf den Schrein dieses pädophilen Arschlochs gestoßen bin, habe ich fast einen Zusammenbruch erlitten. Ich habe ja schon vieles gesehen und die Straße hat mich in den letzten Jahren wirklich ziemlich abgehärtet. Aber wenn es um Kinder geht... weißt du...

dann ist bei mir seit jeher ein wunder Punkt erreicht. Der Ursprung dafür liegt wohl in meiner eigenen Kindheit.«
Carl schluckte, es war ihm deutlich anzusehen, dass in diesem Moment Erinnerungen in ihm hochkamen, die er eine Zeit lang komplett verdrängt hatte. Augenscheinlich riss das alles jetzt wieder auf – und die Mauern, die er über Jahre mühsam in seinem Inneren aufgebaut hatte, schienen zusammenzubrechen.
»Was ist dir denn passiert?«
»Mir direkt zum Glück nicht viel. Ich hatte zwar kein gutes Elternhaus, habe jedoch keine direkte Gewalt erfahren. Vernachlässigung trifft es da eher. Mein bester Freund hingegen, sein Name war Harley, war da deutlich schlechter dran. Er wurde regelmäßig zuhause erniedrigt und geschlagen, bis er es nicht mehr ausgehalten und sich das Leben genommen hatte. Das war für mich wirklich sehr schlimm – vor allem, da ich mich während der ganzen Zeit absolut hilflos gefühlt hatte. Harley hatte so eine Angst vor seinen Eltern, dass er nicht zur Polizei gehen wollte. Im Nachhinein wäre das jedoch besser gewesen, denn man hätte ihn retten können – wenn man es denn versucht hätte.«
Carl stand kurz davor, in Tränen auszubrechen, und Nicholas legte rein instinktiv seinen Arm um die Schultern des Obdachlosen. Er ignorierte dabei sogar den beißenden Geruch, den der Mann weiterhin ausstrahlte.
»Wenn es dich überfordert, bleib einfach draußen. Ich muss mir das nur anschauen, weil es sein kann, dass sich dort eine Botschaft des Anrufers versteckt.«
»Alles klar, ich zeige dir den Weg. Komm mit.«
Sie verließen den Altarraum, und Nicholas hatte irgendwie das Gefühl, irgendetwas übersehen zu haben. Er versuchte jedoch,

den Gedanken zu vertreiben. Jetzt mussten sie sich erstmal in den angrenzenden Zimmern umschauen, ehe sie dort vielleicht eine zweite Suche starten würden. Direkt hinter dem Altar ging es fünf Treppenstufen hinauf, die zu einer kleinen Brücke führten. Von hier aus war bereits ein Korridor zu sehen, in dem es einige Türen zu beiden Seiten gab. Carl führte Nicholas zu der letzten am Ende des Ganges. Das Holz war verwittert, und die Tür hob sich vom Aussehen her von den anderen ab. Bei allen anderen handelte es sich um stinknormale Holztüren, doch diese war noch zusätzlich mit Metallstreben gesichert – und besaß ein Namensschild aus Messing, auf dem in Großbuchstaben *JENS GRAFENBERG* geschrieben stand. *Das geheime Liebeszimmer. Na, dann wollen wir mal.* Nicholas betätigte die Klinke des Raumes mit zitternden Händen. Er stieß jedoch auf einen Widerstand – die Tür war verschlossen.
»Hast du einen Schlüssel?«
»Warte kurz.«
Das Licht im Korridor war so schwach, dass man nicht wirklich viel erkennen konnte, doch Carl schien zu wissen, wo er suchen musste. An den Seiten befanden sich jeweils vier Kerzenhalter mit heruntergebrannten Kerzen. In einer kleinen Schüssel, die sich unter dem dritten zu ihrer Linken befand, lag der Schlüssel, den Carl ihm herüberreichte.
»Ich kann mir das wirklich nicht noch ein weiteres Mal anschauen. Das schaffe ich einfach nicht. Ich warte hier auf dich.«
Nicholas nickte ihm zu und wandte sich ab, um die Tür zu öffnen. Er hatte ein merkwürdiges Gefühl und schloss sie langsam auf. Das Türblatt schleifte quietschend über den Boden, es klang so, als hätte schon seit Jahrzehnten niemand mehr diese Kammer des Schreckens geöffnet. Im Inneren war es stockdun-

kel, doch Nicholas konnte gerade noch im schwachen, hereinfallenden Licht des Korridors einen Lichtschalter ausmachen, den er dann auch betätigte. Nur wenige Momente später blitzte das gelbliche Licht eines Kronleuchters über ihren Köpfen auf. Das Ausmaß dessen, was sich ihm nun zeigte, war für Nicholas nur schwer zu deuten. Er musste einmal blinzeln, bis er begriffen hatte, was sich dort vor ihm befand. Das Erste, was ihm ins Auge gefallen war, war ein Teddybär. Bei näherer Betrachtung war jedoch zu sehen, dass sich einige Blutspritzer ins braune Fell des Kuscheltieres gemischt hatten. Zudem wirkte die Farbe etwas verblasst, was durchaus damit zu tun haben konnte, dass der Bär schon einige Jahre alt war. Was Nicholas erstaunte, war, dass die Polizei, oder wer auch immer diesen Ort damals entdeckte hatte, keine Änderungen an ihm vorgenommen hatte. Das Zimmer wirkte wie der Schrein eines Psychopathen. Auf einem Tisch befanden sich zahlreiche Dokumente, vermischt mit Fotos, von denen Nicholas seinen Blick schnell abwandte. *Meine Güte, wer lässt sowas denn einfach so liegen?* Vermutlich war es nicht vorgesehen, dass jemals wieder irgendjemand die Tür hätte öffnen sollen, doch das war definitiv keine Ausrede dafür. Der Raum besaß zwar Fenster, doch diese waren vergittert und boten keinen direkten Kontakt zur frischen Luft. Stattdessen befanden sich Betonmauern dahinter, Mauern, die vermutlich so einige Schreie gehört und in sich aufgenommen hatten. Nicholas konnte spüren, dass er sich an einem bösen Ort befand. *Und das inmitten einer Kirche, die viele Menschen als Rückzugsort, als direkten Draht zu Gott sahen. Verdammt, so etwas kann Gott nie gewollt haben – sofern es ihn denn gibt.* Nicholas suchte den Raum weiter ab, und stieß erst jetzt, wo er sich in Richtung der Wand drehte, die in seinem Rücken lag, auf eine Art Gedenktafel. Diese schien im Nachhinein angebracht worden zu sein, vermutlich, um aufzuzeigen, wie viele Kinder Grafenberg auf dem Gewissen hatte. Er zählte die Messingschilder, die von derselben Art waren wie das Namensschild, welches an der Tür prangte, und kam auf sechzehn. Auf jedem standen neben den Namen auch die Geburts- und Sterbedaten geschrieben. Das jüngste Kind war fünf Jahre alt gewesen, das Älteste sechzehn. Nicholas musste mit den Tränen kämpfen, als er sich bewusstwurde, dass das nicht einfach nur Namen an einer Wand waren. Das alles waren geschundene Seelen, die an diesem Ort, in diesem schrecklichen Zimmer, brutal zu Tode gekommen waren. Und das durch diesen vermutlich netten Priester der Nachbarschaft, in einem Ort, in dem zwar nicht jeder jeden kannte, doch jeder, der eine gewisse Art von Glauben besaß, einen Draht zu ihm haben musste. *Wie vielen Menschen wird er schon die Beichte abgenommen haben, und wie oft wird sich sein Gewissen dabei gemeldet haben?* Nicholas schüttelte den Kopf. *Ich darf mein Ziel nicht aus den Augen verlieren. Also. Gibt es hier irgendetwas, was erklären kann, warum der Anrufer mich hierhergelockt hat?* Er wusste zwar nicht, wonach er suchen sollte, doch er vermutete einfach mal, dass ihm der Gegenstand oder die Botschaft sofort ins Auge fallen würde. Der Raum war doch größer als gedacht, und direkt hinter einer Werkbank befanden sich die Überreste eines ehemaligen Betts. Davon war allerdings nur noch das Lattenrost übrig, der Rest war bereits vollkommen in sich zusammen gefallen. *Ein schrecklicher, düsterer Ort. Diese Kirche ist definitiv ein dunkler Fleck in der Geschichte dieser Stadt.* Nicholas verstand allerdings weiterhin noch nicht so ganz, warum alles einfach so belassen wurde, wie es damals höchstwahrscheinlich vorgefunden worden war. *Böse Geister, eine schlechte Aura, oder was auch immer.* Er fühlte sich nicht wohl an diesem Ort, wusste allerdings, dass er weitersuchen musste, bis er irgendetwas finden oder aber sich entscheiden würde, dass es nichts zu finden gab.

»Alles in Ordnung?«

Carls Stimme klang leise durch die geschlossene Tür.

»Ja, alles gut. Es ist nur... extrem heftig.«

»Okay.«

Es wurde wieder still, und Nicholas durchkämmte weiter das *Liebeszimmer*. Alleine der Begriff war schon dermaßen abartig, dass sich ihm seine Nackenhaare aufstellten, wenn er daran dachte, was in dem kaputten Bett alles passiert sein mochte. Ein paar Minuten später entschied er sich dazu, dass es hier nichts zu finden gab. Neben einem Paar alter, verrosteter Handschellen hatte er noch einen gelben Handschuh, mehrere Geschirrhandtücher, die wohl als Knebel verwendet worden waren, und einen hochwertigen Füller gefunden, der jedoch keine Tinte mehr enthielt. All diese Gegenstände waren jedoch nicht von Belang, weshalb er sich dazu entschied, den Raum wieder zu verlassen und gemeinsam mit Carl die Suche in den anderen Bereichen fortsetzen. Die restlichen Räume des Korridors ließen sich alle ohne Schlüssel öffnen, beherbergten jedoch auch keine interessanten Dinge.

»Jetzt wäre da nur noch der Keller«, murmelte Carl.

»Es gibt hier auch noch einen Keller?«

Nicholas war verwundert. Zumindest auf dem Weg zum Korridor hin hatte es keine Stelle gegeben, bei der es zu einem Keller ging – doch Nicholas kannte bisher nur den Altarraum, und ihm war bewusst, dass die Kirche noch um einiges größer war.

»Ja, natürlich. Komm.«

Carl übernahm die Führung, und Nicholas war das nur recht. Er hatte zwar keine Angst im Inneren der Kirche, und das, obwohl ihnen jederzeit irgendwo jemand auflauern konnte. Es war viel mehr der Respekt, der bei ihm an oberster Stelle stand, und der alles andere verdrängte. Sie traten wieder über die Brücke in den Altarraum, und Nicholas war froh, den Korridor samt *Liebeszimmer* hinter sich gelassen zu haben. Er wurde die Bilder, die seine Gedanken heraufbeschworen, jedoch irgendwie nicht los. *Besonders dieser Teddybär, an dessen Fell noch Blut klebte, hat irgendwie alles so ein bisschen symbolisiert. Dies hier ist wahrlich kein heiliger Ort mehr, nachdem dieser Grafenberg ihn beschmutzt hat.* Mit jedem Schritt, den er Carl weiter folgte, wurde es etwas dunkler. Sie schienen sich in einen ungenutzten Bereich hineinzubewegen, denn die Luft war schon bald so staubig, dass Nicholas husten musste. Carl schien sich hier blind zurechtfinden zu können. Ein paar Meter später stoppte er kurz und meinte:

»Jetzt kommen gleich drei Treppenstufen. Es gibt hier kein Licht... erst wieder direkt im Keller. Du musst vorsichtig sein und dich hinter mir vorantasten, es gibt einige Gegenstände, die im Weg stehen könnten.«

Nicholas folgte Carl die besagten Treppenstufen hinunter, ehe er sein Tempo etwas verringerte. Er streckte seine Hände in die Dunkelheit, um das zu tun, was Carl ihm geraten hatte – sich voranzutasten, um Gefahren so möglichst rechtzeitig erkennen zu können. Ein kurzer Windhauch fegte durch den Keller und jagte ihm eine Gänsehaut auf den Körper. Carl befand sich bereits außer Reichweite, doch der Gedanke daran, dass er da war, beruhigte Nicholas ungemein. *Mein Gott, was sollen wir hier finden?* Nachdem sie im Korridor, der mit seinen vielen Zimmern anfangs absolut vielversprechend gewirkt hatte, nichts gefunden hatten, hatte er den Glauben verloren, dass sich daran überhaupt noch etwas ändern würde. Ein paar Sekunden später wurde es hell. Der Gang war an der Stelle, an der Carl stand, zu Ende. Der Obdachlose befand sich direkt vor einer Gittertür, die in eine kleine Zelle führte. Aus der Ferne war ihm selbst am schwachen Licht anzusehen, dass er sich an seiner körperlichen Grenze befand – die Strapazen der Nacht standen ihm ins Gesicht geschrieben. Die Augenringe, die sein Gesicht auf eine sehr markante Art und Weise prägten, mussten das Zeichen vieler schlafloser Nächte sein. Um das zu unterstreichen, musste er in diesem Moment sogar gähnen.

»Sieht ganz so aus, als wäre vor uns jemand hier gewesen.«

Nicholas erhöhte jetzt, wo er nicht mehr blind durch die Dunkelheit tappen musste, erneut sein Tempo – um zu sehen, wovon Carl sprach. Als er realisierte, was sich dort vor ihm befand, musste er den Kloß, der sich in seinem Hals befand, erst einmal herunterschlucken, ehe er fähig war, etwas auf das Gesagte zu erwidern.

8

Der zweite gelbe Handschuh – genauer gesagt das Gegenstück von dem, den Nicholas bereits im *Liebeszimmer* gefunden hatte, befand sich auf dem verschmutzten Zellenboden. Direkt daneben, zunächst kaum erkennbar gewesen, lag ein Knopfauge – es musste zu dem Teddybär gehören, das wusste Nicholas sofort. Ihm war zwar nicht aufgefallen, dass selbigem eines gefehlt hatte, doch er hatte seinen Blick eben auch eher auf das blutverschmierte Fell gerichtet gehabt. Das Licht begann plötzlich zu flackern, was Nicholas einen fürchterlichen Schrecken einjagte.
»Ist das normal?«, fragte er an Carl gewandt.
Selbiger schüttelte direkt den Kopf.
»Ich würde ja sagen, wir sollten verschwinden. Aber auf dem Handschuh steht irgendetwas geschrieben.«
Nicholas bückte sich und griff nach dem Gegenstand. Die Oberfläche fühlte sich rau und rissig an, was bestätigte, dass er schon einige Jahre auf dem Buckel hatte und vermutlich auch oft benutzt worden war. *Wer weiß, was dieses perverse Arschloch mit diesem Handschuh angestellt hat, um keine Fingerabdrücke zu hinterlassen. Verdammt, konzentriere dich, und denke nicht daran.* Nicholas musste sich überwinden, den Handschuh länger als bloß ein paar Sekunden in der Hand zu halten, um herausfinden zu können, was auf der gelben Latexschicht geschrieben stand. *ICH HABE DICH IM AUGE.* Es waren nur wenige Worte, doch sie verfehlten ihre Wirkung nicht. Nicholas drehte sich ruckartig um – und im selben Moment wurde es komplett stockdunkel. Der kalte Windhauch, den er schon zuvor im Keller gespürt hatte, kam erneut auf, dieses Mal fühlte

es sich jedoch an, als würde er direkt aus der Antarktis stammen. *Was bedeutet das? Was, verdammt, hat das zu bedeuten?*
»Lass uns hier raus.«
Geistesgegenwärtig steckte Nicholas sich den Handschuh ein, obwohl er sich davor ekelte. Er wollte die Schrift nochmal im besseren Licht begutachten, auch, wenn er nicht wusste, zu was das führen sollte.
»Nicht...«
Die Stimme erklang aus seinem Rücken – die Worte kamen also schon mal nicht von Carl, der sich ja vor ihm befand.
»Wer...?«
»Wir.«
Die Stimmen vervielfältigten sich – und sie klangen alle verdammt jung. *Scheiße, sind das etwa Geister?* Nun wich der Respekt vollkommen der Panik, und Nicholas war nicht mal mehr in der Lage dazu, rational zu denken. Seine Hand schoss nach vorne, doch Carl war zu weit entfernt, er griff ins Leere und verlor dabei das Gleichgewicht. Er konnte sich nirgends mehr festhalten, taumelte, und fiel der Länge nach hin. Der Aufprall auf dem alten, staubigen Steinboden war so hart, dass er Nicholas für einen kurzen Moment die Luft zum Atmen raubte. Er landete auf seinem verletzten Arm, und die Schmerzen, die er zuvor nicht gespürt hatte, flammten dadurch so heftig wieder auf, dass ihm einen Moment lang schummrig wurde. Er schaffte es jedoch irgendwie, gegenanzukämpfen, und war insgeheim froh, dass die Schnitte der Glasscherben des Schaufensters nicht tiefer gewesen waren.
»Du musst unsere Seelen erlösen.«
Die Stimme ging mehr zu einem Hauch im Wind über, und Nicholas wusste nicht mal mehr, ob sie überhaupt echt war, oder

aber, ob sie nur in seinem Kopf existierte. Letzteres würde er sich durchaus zutrauen, die Strapazen dieser Nacht hatten dafür gesorgt, dass er sich schon lange nicht mehr wirklich klar im Kopf fühlte. Doch irgendwie war die Stimme zu real, weshalb er nicht glaubte, dass er fantasierte.

»Wie soll ich das tun?«

Carl befand sich derweil längst außer Reichweite, er hatte den Keller bereits verlassen, als die Stimmen das erste Mal erklungen waren. Nicholas konnte ihn da nur verstehen, weshalb er dem Obdachlosen für dieses Verhalten keine Vorwürfe machen konnte.

»Du musst den Teddybären verbrennen! *Er* hat das Blut von jedem von uns in das Fell des Bären geschmiert, den er auch noch nach mir benannt hat.«

Das Echo der Stimme, was zuvor dafür gesorgt hatte, dass es so klingen würde, als sprächen mehrere Personen, verschwand nun nach und nach. Es kristallisierte sich tatsächlich Sekunden später nur noch eine einzige Stimme heraus, doch es war zu hören, wie in dieser einzigen Tonlage jede Menge Emotionen lagen. Von Trauer über Wut bis hin zu Hoffnungslosigkeit und Verzweiflung. Nicholas wusste nicht, was er tun sollte, weshalb er sich einfach dazu zwang, abzuwarten. Er saß noch immer auf dem kalten Boden, und spürte jetzt, wie sich die Temperatur um ihn herum um einige Grad verändert hatte.

»Wenn ich das getan habe, dann seid ihr befreit?«

»Ja. Wir alle, unschuldige Seelen, die durch Jens Grafenberg zu einem frühen Lebensende verurteilt worden waren.«

Nicholas kämpfte in diesem Moment gegen alles an, was sich in seinem Inneren zusammenbraute. Für ihn fühlte es sich keineswegs so an, als würde er mit einem Geist sprechen – nein, es

war, als würde sich ein Kind vor ihm befinden. Doch dieses Kind, das wurde ihm mit jeder vergehenden Sekunde klarer, es existierte wirklich – wenn auch nicht in Fleisch und Blut, sondern in einer ausgesogenen Hülle.
»Okay. Ich werde es tun, damit ich euch erlöse. Allerdings habe ich auch eine Frage. War vor mir heute jemand an diesem Ort? Ich suche jemanden, der mich verfolgt.«
Die Antwort ließ etwas länger auf sich warten – Nicholas hatte schon fast damit gerechnet, dass gar nichts mehr kommen würde, als die Luft erneut zu zittern begann.
»Durchaus, es war jemand hier. Er hat sich im *Zimmer* aufgehalten und einen der Handschuhe mitgenommen.«
»Wie sah er aus? Ich muss davon ausgehen, dass er mich genau im Auge hat.«
»Heute Nacht noch wird es Köpfe regnen. Ich kann dir leider nichts über den Mann verraten. Und jetzt... bitte... erlöse unsere geschundenen Seelen.«
Nicholas wollte sich das hingegen nicht einfach so gefallen lassen. *Eine Hand wäscht die andere. Ich muss wissen, ob ich mich hier überhaupt frei bewegen kann, oder, ob ich ständig auf der Hut sein muss. Aber ist ein Geist wirklich ein guter Verhandlungspartner?* Er wusste nicht, woher er den Mut für die folgenden Worte nahm – immerhin hatte er zuvor noch nie in seinem Leben mit einem Geist gesprochen, und wusste daher nicht, auf was er sich gefasst machen sollte.
»Ich verbrenne den Teddybären erst, wenn du mir hilfst.«
Nur einen Wimpernschlag später ging ein Donner durch den Keller. Die Wände wackelten, und jahrhundertealter Staub, der sich dort festgesetzt hatte, flog durch die Gegend. Nicholas spürte, wie ihm die Luft wegblieb, was wiederum nicht am

Staub, sondern viel mehr daran lag, dass sich ein plötzlicher Druck auf seinen Hals gelegt hatte. Er versuchte, sich aus dem unsichtbaren Griff zu winden, doch er hatte keine Chance.
»Okay«, keuchte er, und spürte, wie ihm daraufhin wieder etwas mehr Freiraum gelassen würde.
Bevor er weitersprechen konnte, musste er erst einmal husten, um wieder etwas Luft in seine Lunge zu bekommen. Doch selbst das brachte ihn nicht wirklich weiter. *Ich sollte mich nicht mit übernatürlichen Kräften anlegen. Eigentlich ist es doch klar, dass ein solcher Kampf nicht zu gewinnen ist.* Die Luft um ihn herum wurde wieder etwas angenehmer, und die Spannungen, die ihm signalisiert hatten, dass irgendetwas anders war, waren von der einen auf die andere Sekunde verschwunden. Es war sofort zu spüren, dass sich keine übernatürliche Präsenz mehr im Raum befand. Nicholas zog sich auf die Beine und humpelte in Richtung der Tür, die ihn wieder in den Altarraum führte. Er hatte sich bei seinem Sturz den rechten Fuß leicht verdreht, weshalb er bei jedem Schritt einen leichten, stechenden Schmerz spürte. Dieser war jedoch noch zu ertragen, weshalb er auf die Zähne biss und sich weiter voran wagte. Als er die Tür aufstieß, erwartete ihn Carl bereits auf der anderen Seite.
»Alles okay bei dir? Tut mir leid, aber ich habe es dort drin einfach nicht mehr ausgehalten.«
Nicholas nickte.
»Ja, alles gut. Wir sollten von hier verschwinden, aber vorher muss ich noch etwas erledigen.«
»Was denn?«
»Warte einfach hier auf mich. Ich komme gleich wieder zurück.«
Er ließ den verdutzten Carl direkt vor der Kellertür stehen und

begab sich wieder über die Brücke in Richtung des Korridors. Dort angekommen suchte er erneut das *Liebeszimmer* auf, um den Teddybären an sich zu nehmen. Er versuchte, seinen Blick möglichst von diesem eigentlich kinderfreundlichen Gegenstand abzuwenden, schaffte das jedoch nicht wirklich. *Eigentlich sollte niemand jemals mehr diesen Raum zu sehen bekommen.* Er verließ das Zimmer wieder durch die Vordertür, schloss ab und steckte den Schlüssel in seine Tasche. Carl hatte sich derweil nicht von der Stelle bewegt, er stand weiterhin wie angewurzelt vor der Kellertür.
»Hast du ein Feuerzeug?«
»Wozu?«
»Wir müssen den Teddybären verbrennen.«
»Hier drin?«
Carl blickte ihn an, als hätte er nicht mehr alle Sinne beisammen. Doch Nicholas war fest entschlossen und sicher, sich durch nichts von seinem Vorhaben abbringen zu lassen.
»Wäre besser. Dann erregen wir keine Aufmerksamkeit.«
Carl schüttelte den Kopf.
»Ich weiß zwar nicht, was das bringen soll, aber in der Nähe vom Taufbecken befindet sich eine Schachtel mit Streichhölzern.«
Nicholas erinnerte sich wieder daran, dass ihm die Schachtel bereits ins Auge gefallen war. Er ließ Carl erneut stehen und begab sich zum Taufbecken. *Hier hätte ich den Ring reinwerfen sollen. Nun, mysteriöser Anrufer, ich gebe dir was, auch, wenn es nicht das ist, was du haben möchtest.* Im Inneren der Schachtel befand sich bloß noch ein letztes Streichholz. *Ein einziges. Nun, dann muss ich mir wohl Mühe geben.* Mit zitternden Händen schob er die Schachtel auf, nahm das letzte Streichholz he-

raus und strich mit dem Kopf über die raue Seitenfläche der Schachtel. Das Hölzchen entzündete sich sofort, und die kleine Flamme ließ die schummrige Umgebung direkt etwas heller wirken. Er hielt es gegen das Fell und sah dabei zu, wie es sich langsam entzündete. Zunächst geschah nichts. Als der Teddybär schließlich fast vollständig in Flammen stand, legte Nicholas ihn im Taufbecken ab. Als das brennende Fell mit dem Stein in Berührung kam, stieg plötzlich eine Wolke tiefschwarzen Rauches in die Luft. Ein Geräusch, welches einem menschlichen Kreischen ähnelte, erklang kurz darauf aus der Masse heraus. Nicholas vernahm schnelle Schritte, und sah Carl auf sich zu stürmen, als er sich in dessen Richtung drehte.
»Was machst du denn da, verdammt. Bist du wahnsinnig?«
Er hielt einen Behälter mit Wasser in der Hand, und schickte sich an, ihn in das Taufbecken zu gießen. Nicholas hingegen wollte das unbedingt verhindern, trat einen Schritt nach vorne und schlug ihm den Behälter aus der Hand, woraufhin sich das Wasser augenblicklich auf dem Boden verteilte.
»Lass es, verdammt. Ich... musste es tun. Das wird bald vorbei sein.«
»Gleich steht die gesamte Kirche in Brand...«
Nur wenige Sekunden, nachdem Carl seinen Satz beendet hatte, war das Schauspiel ebenfalls beendet. Der schwarze Rauch, der zuvor noch alles eingenommen hatte, hatte sich von jetzt auf gleich wieder verflüchtigt.
»Alles in Ordnung, siehst du?«
Carl antwortete nur mit einem weiteren Kopfschütteln auf diese Bemerkung von Nicholas. *Ich verliere langsam sein Vertrauen. Ich muss ihm erzählen, was ich eben erlebt habe... und dann muss ich verdammt nochmal herausfinden, was das, was der*

Geist gesagt hat, bedeuten haben könnte. Heute Nacht wird es Köpfe regnen. Nicholas ließ sich den Satz ein paar Mal durch den Kopf gehen, kam jedoch auf keinen Lösungsansatz.
»Tut mir leid, aber es war notwendig. Ich hatte eben eine unheimliche Begegnung.«
»Mit dem Geist von Henry Miller?«
Nicholas war von der Antwort überrascht.
»Er hat sich mir nicht vorgestellt, aber ja, es handelte sich um einen Geist. Oder besser gesagt um eine geschundene Seele, such es dir selbst aus.«
»Und er hat dir befohlen, den Teddybären zu verbrennen?«
»Ja, genau.«
»Das ist nicht gut. Verdammt.«
Nicholas wurde aus den Worten von Carl nicht schlau. Augenscheinlich hielt ihn der Obdachlose keineswegs für verrückt, was zumindest damit zu erklären war, dass er einige Jahre in der Kirche verbracht hatte.
»Henry war eines der Opfer von Grafenberg – das Älteste zugleich mit sechzehn Jahren. Man mutmaßt, dass er auch derjenige war, der die Gewalt Grafenbergs in psychischer und sexueller Hinsicht am stärksten abbekommen hatte. Sein Wesen wurde durch die Eingriffe des Perversen verdorben – und sein Geist hat sich an diesem Ort festgesetzt – genauer gesagt in dem Teddybären, den du ja nun verbrannt hast.«
»Warum hast du mir vorher nichts erzählt, verdammt? Woher soll ich das denn wissen?«
»Weil ich nicht damit gerechnet hatte, dass sich der Geist noch in diesen Gemäuern aufhält. Hat er... irgendetwas zu dir gesagt?«
»Er hat mich bedroht. Und darüber gesprochen, dass heute

Nacht Köpfe regnen werden. Was er damit meint, habe ich aber noch nicht verstanden.«

Er ließ seinen Blick schweifen und sah den Teddybären an, der mittlerweile ausgebrannt im Taufbecken lag. Der Anblick des Gegenstandes und dessen Bedeutung, die Nicholas nur erahnen konnte, ließen ihn mulmig werden. *Irgendwie muss Carl recht haben. Ein guter Geist bringt jemanden schließlich nicht einfach so fast um. Hoffentlich hat dieser Fehler keine Konsequenzen.* Er zitterte wie Espenlaub am gesamten Körper. Die Selbstsicherheit, die er sonst verspürte und die während der Jahre zu einem wichtigen Bestandteil seines Jobs und seines Charakters geworden war, war auf einmal völlig verflogen. *Tja, man sollte sich eben nicht mit bösen Geistern anlegen. Da zieht man generell immer den Kürzeren.* Die heutige Nacht wollte wohl einfach nicht vergehen – sie nahm scheinbar eher nochmal eine andere Richtung an, als das zunächst den Anschein gemacht hatte. Er ließ seinen Blick auf der Suche nach einer Uhr durch den schummrigen Raum streifen. Etwas in der Ferne, direkt neben einem bemalten Fenster, auf dem ein Jesus-Gemälde abgebildet war, entdeckte er eine. Er musste seine Augen zusammenkneifen, um erkennen zu können, welche Stellung die Zeiger auf dem Ziffernblatt angenommen hatten. *Erst halb zwei? Meine Güte, das ist wirklich früh.* Der misslungene Überfall war somit erst knapp zwei Stunden her, es kam ihm hingegen so vor, als wäre eine ganze Woche vergangen. *Auf was warten wir jetzt eigentlich noch? Den Handschuh mit der Botschaft habe ich gefunden, weitergebracht hat mich das aber nicht.* Er nahm den Handschuh erneut in Augenschein. Er konnte in der Botschaft jedoch nichts neues entdecken, weshalb er ihn frustriert zu Boden warf. *Wir sollten von hier verschwinden, ehe der böse Geist*

uns noch ins Visier nimmt – wenn das nicht schon längst geschehen ist. Sein Herz klopfte wie ein Presslufthammer in seiner Brust, es schien herausspringen zu wollen – auch, wenn Nicholas wusste, dass das natürlich Quatsch war. All das passierte innerhalb von wenigen Sekunden in seinem Kopf – so lange, wie die Zeit eben war, die Carl brauchte, bis er sich eine Antwort auf die Bemerkung von Nicholas zurechtgelegt hatte.
»Scheiße, scheiße, scheiße. Der Anrufer hat doch vorhin gemeint, dass wir uns keinesfalls an die Polizei wenden sollen, oder? Was, wenn...«
Seine Ausführung wurde von einem ohrenbetäubend lauten Knall unterbrochen. In Folge dessen splitterte ein zweites Mal in der heutigen Nacht das Glas – und das Jesus-Gemälde explodierte genau in dem Moment, in dem Nicholas seinen Blick in die Richtung gelegt hatte. Er schaffte es gerade noch, zur Seite zu springen, und so dem abgetrennten Kopf auszuweichen, der in hohem Bogen von draußen ins Innere der Kirche geflogen kam.

9

Die Schädeldecke platzte in dem Moment auf, in dem der Kopf mit hohem Tempo gegen das Taufbecken knallte. Beim Aufprall platzte die Schädeldecke auf, woraufhin ein dicker Spritzer Hirnmasse auf der Oberfläche kleben blieb. Nicholas spürte, wie ihm bei dem Anblick des brutal abgerissenen Kopfes übel wurde. Es dauerte nicht lange, bis er realisierte, dass er zu Cynthia gehörte. *Sie war doch in der Nähe der Polizei. Was ist da nur passiert?* Er fühlte sich plötzlich unfassbar schuldig ihr gegenüber – und das, obwohl er das Mädchen nicht gekannt hatte. *Erst wird sie brutal vergewaltigt, dann muss sie mit ansehen, wie ihre Freundin hingerichtet wird, ehe sie selbst einfach so geköpft wird. Meine Güte. Mit was haben wir es hier zu tun? Geschieht das alles wirklich nur, weil gedacht wird, dass ich diesen gottverdammten Ring bei mir trage?* Falls das so sein sollte, dann war der Tod des Mädchens völlig umsonst. *Ich muss mich mit Isaac treffen. Irgendwie. Und dann muss ich ihm den Ring abnehmen, notfalls unter Androhung von Gewalt. Der Spinner darf eigentlich nicht mal mehr leben. Er wurde von diesem Freak im Juweliergeschäft erschossen!* Nicholas konnte sich immer noch nicht erklären, wie sein Mitstreiter das überlebt haben mochte. Ein paar Sekunden lang passierte nichts, ehe ein zweiter Kopf geflogen kam. Es folgte noch ein dritter, ehe die Stille einkehrte. Der Altarraum sah so aus, als wäre ein wahres Massaker in ihm vonstattengegangen. Der Boden war über und über mit Blut und einer Mischung aus Hirn- und Augenmasse gesprenkelt. Nicholas wollte es unbedingt vermeiden, die abgetrennten Köpfe anzusehen – doch er musste es tun, da er

nicht ausschließen konnte, dass mit ihnen auch eine Botschaft ins Innere geflogen sein konnte. Beim letzten Kopf wurde er tatsächlich fündig. Inmitten der ausgehöhlten Augenhöhle befand sich ein zusammengerollter Zettel. Als Nicholas ihn herauszog, hörte er ein leises Schmatzen. Das Geräusch klang so furchtbar, dass er würgen musste. Als er den Kopf noch ein Stück weiterbewegte, brach der Oberkiefer heraus.
»Oh Gott.«
Er wandte sich ab, rollte das Papier auf und versuchte, das zu entziffern, was dort geschrieben stand. Der Text war erneut handschriftlich verfasst, dieses Mal jedoch in einer krakeligeren Schrift als auf dem Handschuh – was daran liegen konnte, dass es sich dieses Mal nicht bloß um Groß-, sondern auch um Kleinbuchstaben handelte. Es gelang ihm dennoch irgendwie, den Text zu verstehen.
Wenn du den Ring nicht innerhalb der nächsten drei Stunden in das Taufbecken legst, werden das hier nicht die einzigen drei Köpfe sein, die heute Abend gerollt sind. Nehme dich in Acht vor mir. Ich bin gefährlich und überall, wo du mich nicht vermutest. Ich will meinen Ring zurück.
Obwohl es nur aneinandergereihte Buchstaben waren, kam es Nicholas so vor, als hätte diese Worte irgendeine Person ausgesprochen – sie lasen sich so kalt, dass er spürte, wie sich die Kälte in seinem Inneren ausbreitete. *Ich will meinen Ring zurück.* Im selben Moment, in dem er noch über das nachdachte, was gerade eben passiert war, pfiff ein heftiger Windstoß durch das zerstörte Kirchenfenster. Nicholas drehte sich daraufhin zu Carl um, dem noch immer der Schock ins Gesicht geschrieben stand. Er schien das, was gerade passiert war, noch nicht wirklich verarbeitet zu haben – und war noch nicht in der Lage, auch

nur ein einziges Wort zu sprechen. Genau deshalb entschied Nicholas sich auch dazu, die Initiative zu übernehmen. Einer von ihnen musste eben aktiv bleiben, und da er in den Überfall verwickelt gewesen war, hing das alles nur an ihm. *Es ist sowieso eine Schande, dass ich ihn als unschuldigen Menschen da mit reinziehe.* Und genau, weil dieser Gedanke gerade der Präsente in seinem Kopf war, entschied er sich dazu, folgende Worte auszusprechen:

»Unsere Wege sollten sich an dieser Stelle trennen.«

Er hatte nicht lange dazu gebraucht, diese Entscheidung zu treffen. Er wusste zwar nicht, wo er nach Isaac suchen sollte, doch er hatte nun immerhin Anhaltspunkte – auch, wenn es keine wirklich guten waren.

»Nein, ich begleite dich weiter. Alles gut. Das vorhin war nicht so gemeint. Da steckt etwas Größeres hinter, und ich bin bereit, dir dabei zu helfen, das aufzudecken.«

»Okay, es ist deine Entscheidung. Ich kann aber rein gar nichts garantieren. Die Botschaft hier ist relativ deutlich.«

Er las sie kurz vor, damit Carl auch mitbekam, was der mysteriöse Anrufer ihnen mitgeteilt hatte. Danach fuhr er fort.

»Unser Überleben in dieser Nacht ist alles andere als sicher. Allerdings sollten wir, sofern du mich wirklich begleiten willst, von hier abhauen und zu meinem Auto gehen. Von dort aus machen wir uns dann auf den Weg, um Isaac zu suchen.«

Carl nickte und senkte seinen Blick zu Boden. Ohne seinen Kopf wieder zu heben, fing er an zu sprechen.

»Ich lebe seit Jahren auf der Straße und habe nichts. Es wäre für mich also nicht mal sonderlich schlimm, wenn ich aus dieser Nacht nicht lebend herauskomme. Und weißt du... als du mir erzählt hast, dass du an dem Überfall auf den Juwelier beteiligt gewesen warst... ich habe mir ein Stück weit erhofft, dass ein Teil der Beute auf mich abfällt, wenn ich dir helfe.«

Es war Carl sichtlich unangenehm, darüber zu sprechen. Nicholas hingegen konnte ihn absolut verstehen. *Das würde auch erklären, warum er mir hier blind folgt. Er ist nur auf das Geld aus, und hofft, irgendwie ein Stück vom Kuchen abzubekommen, damit er sich selbst ein besseres Leben ermöglichen konnte.*

Nicholas wusste nicht, wie er mit dieser Aussage umgehen konnte, weshalb er den folgenden Satz recht spontan aussprach.

»Du bekommst meinen Anteil. Ich weiß nicht, wie groß er sein wird, doch ich werde das Geld nicht behalten können. Definitiv nicht nach heute – für mich klebt an den Scheinen einfach zu viel Blut, und das, was sich hier heute zugetragen hat, ist für mich der Punkt, an dem ein Umdenken zwingend notwendig ist.«

»Für mich ist jeder Cent wertvoll. Du weißt gar nicht, wie ernüchternd es ist, wenn man einen ganzen Tag auf der Straße verbringt, sich im Winter den Arsch abfriert und dann am Abend sieht, dass man nicht mal einen Dollar zusammenbekommen hat.«

Nicholas empfand einen Anflug von Mitleid für den Mann, sagte jedoch nichts mehr. Stattdessen besann er sich dazu, seinen Blick nach vorne zu richten.

»Wir müssen zum *Philadelphia Boulevard*. Ich habe dort auf dem Gelände einer Autowerkstatt geparkt. Wie kommen wir am Schnellsten dort hin?«

Carl überlegte einen Moment, ehe er eine Antwort abgab.

»Es fährt ein Nachtbus, der direkt in der Nähe hält. Die Haltestelle befindet sich ein paar Meter weiter auf der anderen Straßenseite. Ich weiß allerdings nicht, wann der Bus kommt.«

»Das ist das geringere Übel. Es geht ja auf alle Fälle schneller, als zu Fuß. Ich mache mir eher Sorgen darüber, dass wir nicht genug Geld dabeihaben.«
»Diesbezüglich haben wir Glück. Im Spendenhut müssten sich zumindest noch ein paar Dollar befinden.«
Carl verschwand hinter der Kanzel und kam wenige Momente später mit besagtem Hut wieder. Im Inneren klimperten verschiedenste Münzen, und das Geräusch versetzte Nicholas in eine Erleichterung, die er lange nicht mehr gespürt hatte – schon gar nicht in dieser Nacht. Es war das erste Mal, dass er fast einen Anflug von Positivität verspürte. *Nur nicht darauf ausruhen. Das Blatt kann sich schneller wenden, als man denkt.* Carl entleerte den Hut auf dem Altar und suchte die passenden Münzen zusammen.
»Fünf Dollar, das reicht für uns beide. Los, wir sollten keine weitere Zeit verlieren.«
Nicholas folgte dem Obdachlosen wieder nach draußen. Sie nahmen die Tür, durch die sie bereits ins Innere gelangt waren, diese befand sich glücklicherweise weit weg von der Stelle, an der die drei Köpfe in kurzer Abfolge hintereinander durchs Fenster geflogen waren. Carl schloss die Tür hinter ihnen wieder ab und verstaute den Schlüssel in seiner Hosentasche.
»Ich fürchte, wir werden heute Nacht wieder an diesen Ort zurückkehren müssen.«
Nicholas stimmte ihm im Stillen zu und richtete seinen Blick dann wieder nach vorne. Draußen war es gefühlt ein wenig kälter geworden, doch der dünne Pullover, den er weiterhin trug und der an seinen Armen aufgrund des getrockneten Blutes etwas klebte, sorgte dafür, dass er wenigstens nicht fror. Wochenlang hatten sie mit der Hitze zu kämpfen gehabt, und jetzt lang-

sam wurden die Tage kürzer und die Temperaturen niedriger. Der Herbst bahnte sich an – und die Straße war wie leergefegt, es wirkte so, als wäre in dieser Nacht nichts geschehen. Von demjenigen, der die Köpfe durch die Scheibe ins Innere der Kirche geworfen hatte, fehlte jede Spur, doch Nicholas hatte auch nicht damit gerechnet, dass der mysteriöse Anrufer, von dem er vermutete, dass ebenjener auch dafür verantwortlich war, sich zeigen würde. *Das wäre zu einfach. Dann wären wir zu zweit ja vermutlich in der Überzahl und könnten ihn überwältigen – wenn er denn alleine handelt.* Dagegen sprach allerdings die Tatsache, dass die osteuropäischen Auftragskiller in der Wohnung von Diana Wood ein Massaker angerichtet hatten – ehe Carl ihnen die Schädel weggeblasen hatte. Er wollte sich den Kopf nicht weiter zermartern, weshalb er jegliche Denkvorgänge, die in diese Richtung gingen, schon im Ansatz eliminierte. Es fühlte sich gut an, die Kirche zumindest für diesen Moment hinter sich lassen zu können, auch, wenn Nicholas wusste, dass Carl mit seinen Worten recht hatte. Sie würden wohl oder übel zurückkehren müssen, sofern sie den Ring bekommen würden. Das war jetzt erst einmal ihr Ziel, und dafür mussten sie schnellstmöglich zum Auto von Nicholas gelangen, welches seit dem Überfall auf dem Gelände der Autowerkstatt geparkt stand. Als Nicholas seinen Kopf hob, den er zwischenzeitlich gesenkt hatte, konnte er die Bushaltestelle bereits aus der Ferne erkennen. Das Wartehäuschen wurde durch eine Laterne, die sich direkt daneben befand, beleuchtet. Carl ging voraus und warf einen Blick auf den Fahrplan, der sich im Inneren befand. »Wir haben ziemliches Glück. Der Bus fährt jede halbe Stunde, kommt jetzt aber in ungefähr zwei Minuten. Wir müssen dann nur sieben Minuten fahren, bis wir die Haltestelle am Philadelphia Boulevard erreicht haben.«

»Endlich mal eine positive Nachricht«, murmelte Nicholas, und vernahm ein paar Sekunden später bereits ein leises Motorengeräusch, welches mit jeder Sekunde lauter wurde. Eine knappe Minute später hielt der Bus bereits in der Haltebucht. Carl ging voraus, um von dem Geld, welches er aus dem Spendenhut genommen hatte, zwei Tickets zu kaufen. Der Busfahrer war ein mürrischer, alter Mann, dem deutlich anzusehen war, dass es ihm gegen den Strich ging, um diese Uhrzeit noch in der Kabine seines Fahrzeuges zu sitzen und Fahrgäste durch die Gegend zu kutschieren. Auf Carls bitte hin, zwei Tickets auszulösen, murmelte er nur den Betrag und betätigte den Knopf, der dafür sorgte, dass der Drucker betätigt wurde. Carl suchte das passende Kleingeld zusammen, verstaute den Rest in seiner Hosentasche und reichte Nicholas sein Ticket, ehe sie sich einen Sitzplatz suchten. Sie nahmen im hinteren Bereich des Gelenkbusses Platz. Außer ihnen befand sich bloß eine ältere Dame im Bus, die ihren Kopf jedoch hinter einem Taschenbuch verborgen hielt. Einzig und allein ihre weißen Haare lugten hinter den aufgeschlagenen Seiten hervor. *Was macht die denn bitte so spät noch in der Stadt?* Während Nicholas versuchte, die Beweggründe der alten Dame herauszufinden, die ihn eigentlich gar nicht interessierten, sondern vielmehr als Ablenkung dienen sollten, hatte der Busfahrer die Fahrt wieder aufgenommen. Die nächtlichen Lichter der Stadt zogen an ihnen vorbei. An den meisten Ecken erwartete sie tiefschwarze Dunkelheit, bis sie kurze Zeit später den Highway erreicht hatten. Hier brannten in unregelmäßigen Abständen Laternenlichter, zudem kam immer mal wieder ein Auto vorbeigefahren. Die Umgebung wirkte unscheinbar, ja, fast ein bisschen trostlos. *Hätte mir vorher je-*

mand erzählt, dass ich ausgerechnet hier so verrückte Dinge erlebe, hätte ich denjenigen ausgelacht. Er ließ seinen Blick etwas schwenken und sah sich weiter im Inneren des Busses um. Carl hatte auf dem Sitz gegenüber von ihm Platz genommen, sein Blick hatte sich draußen in der nächtlichen Umgebung verloren. In seinem Gesicht war ihm anzusehen, dass er sich absolut nicht wohlfühlte. *Er tut das wirklich alles nur dafür, weil er sich etwas von dem Geld erhofft. Diesbezüglich darf ich ihn nicht enttäuschen.* Nicholas war klar, dass er sein Versprechen einhalten würde und versuchte deshalb, nicht weiter daran zu denken. Doch wie es oftmals so war, kreiste der Gedanke weiterhin in seinem Kopf herum. *Was, wenn das alles umsonst sein wird, und er möglicherweise sogar sterben könnte? Könnte ich mir das verzeihen?* Zuvor hatte sich Nicholas nie wirklich Gedanken um seine Mitmenschen gemacht, sie waren oftmals nur im Weg gewesen, Bausteine in einem System, die ihn eher daran gehindert hatten, erfolgreich zu sein, als dass sie ihm behilflich gewesen waren. Das Motorengeräusch des Busses surrte leise – es war das einzige Geräusch weit und breit. Die restliche Stille hielt noch ein paar Sekunden – so lang, bis zwei plötzliche Schüsse erklangen, in dessen Folge der Bus plötzlich zu schlingern begann.

10

In dem Moment, in dem die Schüsse abgeklungen waren, hatte Nicholas gewusst, wozu sie geführt hatten. *Es hat jemand auf die Reifen geschossen – und sein Ziel definitiv nicht verfehlt.* Der Busfahrer verlor die Kontrolle und versuchte noch irgendwie, das drohende Unheil abzuwenden. Er stemmte sich mit seinem Fuß auf das Bremspedal, trat es bis zum Anschlag durch, doch er konnte damit nicht mehr verhindern, dass sich das Gefährt überschlug. Nicholas presste die Augen zusammen und versuchte irgendwie, sich festzuhalten. Das gelang ihm jedoch nicht, bei dem Versuch, den Haltegriff, der sich direkt neben ihm am Fenster befand, zu fassen zu bekommen, rutschte er ab. Sein Griff ging ins Leere, und während der Bus sich im Straßengraben überschlug, knallte er gegen die Decke des Fahrzeuges. Der Aufprall war so hart, dass er für einen kurzen Moment Sterne vor seinem inneren Auge sah. Sein Blick verdunkelte sich, und er versuchte irgendwie, gegen die drohende Bewusstlosigkeit anzukämpfen. *Wenn ich diesen Kampf verliere, bin ich tot.* Während er sich im Delirium befand und sein Schädel zu explodieren schien, ließ er seinen Blick schweifen. Der Bus war mittlerweile zum Stillstand gekommen. Die ältere Dame war unübersehbar tot, sie war mitsamt ihrem Buch durch den gesamten Bus geflogen und erst an der Heckscheibe unsanft gebremst worden. Die Glasscherben des zerborstenen Fensters hatten einen klaffenden Krater in ihre Schädeldecke gerissen. Von Carl war keine Spur zu sehen, und bevor Nicholas sich überhaupt weiter umblicken konnte, spürte er, wie er das Bewusstsein verlor.

Als er wieder erwachte, war der Druck auf seinem Kopf nicht gesunken – ganz im Gegenteil, es fühlte sich eher so an, als wäre er eher nochmal stärker geworden. Als er sich bewegen wollte, spürte er, wie etwas in seine Handgelenke schnitt. Erst nach und realisierte er, dass er gefesselt und geknebelt war. Er versuchte, zu schreien, doch das schmutzige Tuch, welches seinen Mund ausfüllte, verschluckte jeden einzelnen Laut. Es schmeckte nach Öl und Dreck, Nicholas musste würgen und verschluckte sich dabei, was in einem Hustenanfall endete. Er befand sich auf der Ladefläche eines Geländewagens, und als er seinen Blick schweifen ließ, erkannte er auch, wo er war. Das Wrack des verunfallten Busses befand sich direkt hinter ihnen, und die Reifenspuren auf dem Asphalt ließen den Kampf des Fahrers mit seinem Fahrzeug nur erahnen. *Was geht hier nur vor sich, verdammt? Wo wollen die mich hinbringen?* Er war doch überrascht davon, in einem Moment, in dem er nicht damit gerechnet hatte, in Gefahr zu sein, überwältigt worden zu sein. *Es muss also wirklich jemand jeden Schritt von mir überwacht haben. Vermutlich dachte derjenige, dass ich mich irgendwie absetzen wollte.* Andererseits war es schon ziemlich gewagt, auf die Reifen eines Busses zu schießen, doch es hatte ja funktioniert. Plötzlich vernahm Nicholas weitere Geräusche hinter sich, drehte sich um und erblickte er Carl am anderen Ende der Ladefläche. Der Obdachlose hatte eine große Platzwunde auf der Stirn und wirkte nicht so, als wäre er voll da. Er murmelte irgendetwas unverständliches in das Tuch hinein und versuchte kurz darauf wie wild, sich aus den Fesseln zu lösen. *Das bringt nichts*, dachte Nicholas, sprach es aber nicht aus – aus dem einfachen Grund, dass es nicht gebracht hätte, da das dreckige Tuch sowieso jedes Wort verschluckt hätte. Stattdessen ver-

suchte er, eine halbwegs angenehme Position anzunehmen. Der Geländewagen hatte auf dem Standstreifen geparkt, und kurz darauf tauchten die Personen auf, die vermutlich dafür verantwortlich waren, dass sie sich auf der Ladefläche befanden. Einer der beiden Männer rauchte gerade eine Zigarette, als er auf sie zugeschritten kam. Der andere war damit beschäftigt, in einem Straßenatlas herumzublättern. Das alles tat er im Lichtkegel des Rückscheinwerfers, den der Fahrer, der sich weiterhin im Wagen befand, angelassen hatte.
»Ah, schau mal.«
Die Worte, die der Raucher sprach, hatten einen osteuropäischen Akzent. Als er an der Seitenwand, an der Nicholas lehnte, angekommen war, blies er ihm eine Rauchwolke ins Gesicht – ehe er die heiße Asche aus dem abgebrannten Zigarettenstummel auf seiner Wange abdrückte. Nicholas schrie auf, doch auch das wurde von seinem Knebel verschluckt. Ein gleißender Schmerz zuckte durch sein Gesicht, und er spürte, wie er erneut gegen die Bewusstlosigkeit kämpfen musste. *Du gottloser Wichser.* Als der Mann seinen Schmerz erkannte, lachte er bloß und schnippte den Stummel kurz darauf auf den Asphalt, um ihn dort auszutreten.
»Wir können fahren, Igor.«
Der Mann, der im Straßenatlas geblättert hatte, schlug selbigen zu und machte sich auf den Weg in Richtung Beifahrertür. Ohne ein weiteres Wort zu verlieren, nahm er auf dem Beifahrersitz Platz, während der Raucher auf der Rückbank einstieg. Es dauerte noch einen Moment, bis der Motor angelassen wurde – und in diesen fünf Sekunden entdeckte Nicholas, dass der Mann mit der Zigarette sein Feuerzeug auf der Kante der Ladefläche vergessen hatte. Er schaffte es tatsächlich, ein Stück weit nach vor-

ne zu rutschen, seine gefesselten Arme auszustrecken und das Feuerzeug auf die Ladefläche zu schieben. Kurz darauf steuerte der Wagen den Highway an, und ein Ruck ging durch die gesamte Ladefläche. Da Nicholas sich nicht abstützen konnte, verlor er das Gleichgewicht und landete unsanft auf seinem Rücken. Die ruckelige Piste sorgte dafür, dass sie auf der Ladefläche hin und her rutschten und immer mal wieder unkontrolliert gegen die Seitenwände prallten. Kurze Zeit später war Carl wieder erwacht. Nicholas konzentrierte sich zunächst darauf, den Knebel aus seinem Mund zu bekommen – und hatte das auch schließlich nach ein paar Sekunden geschafft. Das dreckige Tuch hatte einen ekligen Geschmack hinterlassen, und die Verbrennungsstelle an seiner Wange schmerzte noch immer wahnsinnig stark. *Das zahle ich dir heim, das schwöre ich dir.* Bei dem Gedanken daran spürte er, wie ihm sein Herz bis zum Hals schlug.
»Bleib still. Wir müssen irgendwie versuchen, die Fesseln loszuwerden.«
Carl schien sich nicht in der Lage zu befinden, den Knebel selbstständig loszuwerden – entweder, er war noch nicht ganz auf der Höhe, oder aber, das Tuch war so fest verknotet, dass er es nicht mal eben loswerden konnte. Jedenfalls machte er auch keine Anstalten, es zu versuchen, weshalb Nicholas auf ersteres tippte. Es war jedoch in diesem Moment auch nicht wichtig – er würde Anweisungen geben, an die sich Carl nur halten müsse. Zum aktuellen Zeitpunkt hatte er jedoch keinen wirklichen Plan, weshalb er krampfhaft überlegte, wie sie sich befreien konnten. Sie mussten zweifelsohne darauf warten, dass der Wagen erneut anhielt – und das würde vermutlich erst passieren, wenn sie am Ziel angekommen waren. Das Feuerzeug befand

sich für den Moment zwar außer Reichweite, doch da er in seiner Bewegungsfreiheit nicht eingeschränkt war, würde er es später holen können. Das Seil, mit dem seine Handgelenke gefesselt waren, war zwar nicht besonders dick, aber so straff gezogen, dass es ihm nicht möglich war, sie zu bewegen. *Wenn ich nur irgendwie das Feuerzeug an bekommen könnte...* Es würde definitiv funktionieren, die Fesseln durchzubrennen, doch dazu brauchte er eine freie Hand, die er im Moment aber nicht hatte. Er befand sich in einer Zwickmühle, und entschied sich dazu, erst einmal tief durchzuatmen. *So lange der Wagen nicht steht, kann ich planen, was ich will. Einen Sprung vom fahrenden Auto werden wir nicht überleben.* Er wollte jedoch für den Fall, dass irgendetwas Unvorhergesehenes eintreten sollte, bereit sein – auch, wenn die Wahrscheinlichkeit verschwindend gering war. Doch die Männer, denen vermutlich auch die beiden Killer in der Wohnung von Diana Wood angehörten, hatten bewiesen, dass es durchaus Lücken in ihren Plänen gegeben hatte. *Professionelle Killer lassen sich sicherlich nicht einfach so überwältigen. Es war fast schon fahrlässig, wie sie in der Wohnung vorgegangen sind.* Dieser Umstand bereitete ihm etwas Hoffnung, und er konnte für einen Moment sogar den Fahrtwind genießen, der die Brandwunde auf seiner Wange etwas kühlte. Schon kurz darauf war jedoch bereits die Kälte der Nacht zu spüren, während weiterhin ein leichtes Brennen auf seiner Wange zurückblieb. Sie ließen die Stadt hinter sich und steuerten in Richtung des Waldes. Um sie herum wurde es somit auch dunkler, die Lichter wurden nach und nach weniger, ehe sie irgendwann ganz verschwunden waren. In der Ferne war das beleuchtete Werbeschild einer Tankstellenkette zu sehen, und Nicholas hoffte inständig, dass sie dort eine Pause einlegen

würden – auch, wenn er nicht wirklich daran glaubte. *Es wäre schon ziemlich dumm, mit zwei Geiseln einfach an die Tanksäule zu fahren und den Wagen vollzutanken. Andererseits – wenn der Wagen Sprit brauchen sollte, muss man das eben tun.* Im Inneren des Geländewagens schien eine heftige Diskussion stattzufinden – Nicholas konnte zwar nichts hören, doch die Innenbeleuchtung erlaubte es ihm, einen Blick hinter die Windschutzscheibe werfen zu können. Der Mann auf der Rückbank, der Raucher, gestikulierte heftig in Richtung des Fahrers, der seinen Blick stur nach vorne gerichtet hielt. Kurze Zeit später wurde das Tempo etwas verlangsamt, ehe der Wagen die Ausfahrt nahm, die direkt zur Tankstelle führte. *Das ist doch nicht deren ernst, oder?* Der Fahrer parkte den Wagen jedoch nicht an der Zapfsäule, sondern hinter einer kleinen Garage, die zu einer Autowaschanlage gehörte, die jedoch nicht in Betrieb zu sein schien – nicht nur um diese Uhrzeit, sondern scheinbar auch allgemein. Das Schild, auf dem das Wort *Einfahrt* geschrieben stand, war bereits verrostet und verdreckt, zudem fehlte an der rechten oberen Ecke ein ganzes Stück. Das Dach war zudem überwachsen mit Efeuranken. Der Fahrer und der Mann mit der Karte auf dem Beifahrersitz blieben im Wagen sitzen, während der Raucher ausstieg. Er zündete sich direkt wieder eine Zigarette an und kam auf die Ladefläche zugeschritten.
»Hey, du.«
Er blieb direkt vor der Ecke stehen, an der sich weiterhin Carl befand. Der Obdachlose blickte apathisch durch die Gegend, vermutlich war er immer noch nicht ganz bei Sinnen. Da er auf die Ansprache des Mannes nicht reagierte, verpasste ihm selbiger einen heftigen Schlag ins Gesicht. Carl verlor daraufhin sein

Gleichgewicht und kippte auf der Ladefläche um, was die Aggressionen des Mannes sogar noch zu steigern schien. Er schlug mit seiner Handkante gegen die Seitenwand der Ladefläche und wandte sich dann Nicholas zu.
»Der Penner ist wohl noch nicht ganz beisammen. Dann sage ich es eben dir: es gibt ein kleines Problem, wir müssen tanken. Solltet ihr auch nur daran denken, zu fliehen, werden meine Leute euch die Schädel wegblasen. Bleibt wo ihr seid, dann gibt es auch keinen weiteren Ärger.«
Er lachte, und in ebendiesem Gelächter waren die Spuren jahrelangen Rauchens zu hören. Er räusperte sich und spuckte auf den Boden, ehe er sich der Tankstelle zuwandte. Kurz darauf verließ er den Platz vor der Ladefläche wieder, und ließ eine Wolke aus Zigarettenrauch bei ihnen. In seiner rechten Hand trug er einen roten Benzinkanister, den er wohl an einer der zahlreichen Zapfsäulen auffüllen wollen würde. Nicholas rückte näher an die Seitenwand heran und sah sich genauer um. Die beiden Männer im Auto waren miteinander beschäftigt. Nun, wo der Motor ausgeschaltet war, war auch zu verstehen, dass sie lautstark diskutierten. Worum es ging, konnte Nicholas hingegen nicht heraushören, da sie auf einer fremden Sprache, vermutlich russisch, miteinander sprachen.
»Hey.«
Plötzlich vernahm er ein Flüstern. Zunächst konnte er die Stimme nicht lokalisieren, als sie jedoch ein weiteres Mal erklang, gelang ihm das schließlich.
»Hey. Was ist hier los?«
Die Stimme des Mannes, der die Worte ausgesprochen hatte, klang so, als hätte er bereits eine große Menge Alkohol konsumiert. Nicholas versuchte, sich in Richtung der Rückseite des

Wagens zu bewegen, ohne dabei die Aufmerksamkeit seiner beiden Bewacher auf sich zu ziehen. Von dort war die Stimme nämlich gekommen – zu einem denkbar günstigen Zeitpunkt. Der Raucher hatte derweil die Zapfsäule erreicht und sich daran gemacht, den Kanister mit Benzin zu füllen.

»Scheiße, wir wurden entführt. Kannst du mir die Fesseln abmachen?«

»Ich... habe nichts«, lallte der Mann.

Neben ihm auf dem Boden befand sich eine Wodkaflasche, das konnte Nicholas im roten Licht der Rückscheinwerfer erkennen.

»Hier oben ist ein Feuerzeug«, zischte er, und hoffte, dass der Mann irgendwie schnell handeln würde – obwohl die Voraussetzungen dafür nicht wirklich gegeben waren. Der Mann zog sich an der Ladefläche hoch, ging dabei jedoch recht tollpatschig vor. Nachdem er einmal weggerutscht war, zog er sich ein zweites Mal hoch und griff ins Innere. Nicholas schob ihm das Feuerzeug mit seinen Füßen herüber und sah dabei zu, wie er sich damit abmühte, es an zu bekommen. Ein paar Sekunden später schoss die kleine Flamme in die Höhe, und Nicholas zog seine Hände so weit nach vorne, bis die Fesseln sich direkt unter der Hitze befanden. Er spürte, wie das Feuer seine Armhaare versengte, ignorierte den leichten Schmerz jedoch und konzentrierte sich stattdessen darauf, irgendwie freizukommen. Es dauerte quälend lang, bis sich die Flamme in das Seil gefressen und es durchtrennt hatte. Vermutlich geschah genau das nur innerhalb weniger Sekunden, doch es kam Nicholas so vor, als wären Stunden vergangen. Er konnte seine Hände nun voneinander lösen und wartete einen Moment ab, um seine Blutzirkulation wieder in Gange zu bekommen.

»Danke«, flüsterte er, und hörte derweil, wie sich der Raucher wieder dem Wagen näherte.

»Du musst von hier verschwinden«, zischte er dem Mann dann zu und hoffte inständig, dass seine Worte bei ihm auch ankommen würden.

»Verschwinden? Warum denn das?«

Er nahm die Wodkaflasche vom Asphalt, drehte den Schraubverschluss ab und nahm einen tiefen Schluck. *Verschwinde doch einfach, verdammt!* Nicholas hatte keinen blassen Schimmer, wie er den Mann davon überzeugen konnte, seiner Anweisung zu folgen. Daher konnte er auch nichts gegen das tun, was der Raucher als nächstes tat. Nicholas rutschte einen halben Meter von der Rückwand weg, um sich in Deckung zu begeben. Der Angriff des Rauchers galt jedoch nicht ihm – sondern dem Betrunkenen. Er entwendete dem Mann die Glasflasche und prügelte so lange auf dessen Kopf ein, bis sie zerbrach – nur um dann mit den Scherben seine Kopfhaut aufzureißen und dem längst toten Mann den Rest zu geben. Als der Schädel nur noch eine breiige, undefinierbare Masse am Boden war, war Nicholas bereit, zu handeln. Er rappelte sich auf – und sprang mit ausgestreckten Beinen von der Ladefläche auf den Raucher zu.

11

Er hatte den Sprung nicht wirklich lange geplant, sondern ihn viel mehr spontan ausgeführt. Den Moment hingegen hatte er perfekt abgepasst. Er schaffte es tatsächlich, den Raucher mit einem einzigen Tritt zu Boden zu bringen. Die Zigarette fiel ihm gemeinsam mit dem Benzinkanister aus der Hand. Dabei rutschte der Deckel von der Öffnung herunter, und eine große Lache des brennbaren Inhalts verteilte sich gefährlich nah an der Zigarette auf dem Boden. Nicholas handelte schnell und verpasste dem Mann einen gezielten Schlag, ehe selbiger überhaupt auf den Tritt reagieren konnte. Bevor das Benzin die Zigarette erreichte, schnappte sich Nicholas den heruntergebrannten Stummel und presste ihn auf den rechten Augapfel des Rauchers. Der Mann schrie wie am Spieß, und Nicholas ließ von ihm ab, als er hörte, wie die Autotüren geöffnet wurden. *Scheiße!* In seiner blanken Wut und den tiefen Rachegelüsten hatte er die anderen Männer komplett außenvor gelassen. Der Fahrer hob seine Waffe und feuerte eine Kugel ab. Nicholas schaffte es gerade noch, zur Seite zu hechten und sich hinter der Ladefläche in Deckung zu begeben. Der Raucher hatte derweil das Bewusstsein verloren und befand sich komplett reglos am Boden. *Ich bin am Arsch.* Er hörte, wie sich die Schritte der Männer seiner Position näherten, ehe ein lautes Poltern auf der Ladefläche erklang. *Carl?* Ein heftiger Ruck ging durch den Wagen, ehe der Motor gestartet wurde. *War er etwa doch nicht bewusstlos?* Nicholas konnte sich die Situation nicht erklären, vermutete aber, zu wissen, was der Obdachlose vorhatte. Er hechtete nach vorne, um seine Deckung aufzugeben – was sich jedoch als richtige Entscheidung erwies, da der Wagen nur den Bruchteil einer Sekunde später bereits in den Rückwärtsgang ging. Das schwere Gefährt rollte über die Benzinlache und erwischte den Beifahrer, der sich mit gezogener Waffe Nicholas genähert hatte. Mit einer gezielten Lenkung nach rechts gelang es Carl auch, den Fahrer zu erfassen. Ein Schuss löste sich aus der Waffe, in Folge dessen die Windschutzscheibe zerbarst. Der Obdachlose ließ sich davon jedoch nicht beirren und legte wieder den Vorwärtsgang ein, um auszuholen. Beide Männer lagen am Boden, weshalb sie leichte Ziele abgaben. Der Brustkorb des einen wurde binnen weniger Sekunden zerquetscht, als Carl mit durchgedrücktem Gaspedal über den Körper fuhr. Der andere versuchte noch, sich irgendwie aus der Gefahrenzone zu schleppen, doch auch mit ihm hatte Carl kein Mitleid. Sein Schädel platzte wie eine Wassermelone auf, und Nicholas bekam einen Schwall Blut mitten ins Gesicht gespritzt. Angeekelt versuchte er, mit seinem Ärmel das Gröbste zu beseitigen. *Meine Güte, was war das denn bitte?* Sein Herz klopfte wie wild in seiner Brust, es schien fast herausspringen zu wollen. Es dauerte ein paar Sekunden, bis sich die Fahrertür des Wagens wieder öffnete und Carl auf den Asphalt trat.

»Bist du verletzt?«

»Nichts Gravierendes. Und du?«

»Ich lebe noch.«

Er verzog seine Mundwinkel zu einem schiefen Grinsen und entblößte dabei seine schlechten Zähne.

»Diese Idioten haben das alles verdient. Auch, wenn wir hier ein wahres Blutbad angerichtet haben.«

Die lauten Geräusche schienen niemanden angelockt zu haben, was Nicholas ein wenig verwunderte. *Zumindest der Tankwart*

sollte sich hier noch aufhalten. Vermutlich kauert er gerade im Inneren hinter dem Tresen und hofft, dass alles schnell vorbeigeht. Der Parkplatz wirkte wirklich genau wie das, was er war – Ort eines schrecklichen Massakers. Normale Menschen hätten vermutlich die Polizei gerufen, doch dafür war in dieser Nacht absolut keine Zeit. *Wir müssen Isaac finden. Und jetzt haben wir sogar ein Auto.*
»Komm, steig ein. Wir müssen los.«
Nicholas deutete auf den Beifahrersitz und stieg selbst auf der Fahrerseite ein. Er brachte den Sitz in die richtige Position und startete den Motor, als Carl ebenfalls Platz genommen hatte. Im Inneren des Wagens stank es so dermaßen nach Zigarettenrauch, dass er das Fenster herunterkurbeln musste, um frische Luft hineinzulassen. Das Leder der Sitze war an vielen Stellen bereits abgenutzt und vergilbt, zudem wies das Polster viele verschiedene Flecken auf.
»Kennst du dich hier auch noch aus?«
Carl zögerte einen Moment und nickte dann schwach.
»An welchem Ort können wir nach meinem Mitstreiter suchen? Ich habe während des Telefonats zwei LKWs in kurzer Abfolge vorbeifahren hören. Das sollte das Gebiet im Allgemeinen ja schon ein wenig eingrenzen.«
Carl nickte, kam jedoch nicht dazu, zu sprechen. Ein Handyklingeln ertönte im Inneren des Autos, doch dieses Mal war es nicht das von Nicholas. Das Gerät lag in der Mittelablage, und die Zeichen, die auf dem Bildschirm zu sehen waren, schienen tatsächlich darauf hinzudeuten, dass der Inhaber aus dem osteuropäischen Raum stammte. Mehr als den Namen *Bliznuk* konnte er nicht lesen.
»Wir müssen das Gerät vernichten. Warte kurz.«

Nicholas schnappte sich das klingelnde Handy, stieg aus dem Wagen aus und legte es vor den rechten Vorderreifen. Das Gerät klingelte noch so lang, bis Nicholas mit dem kompletten Vorderreifen rübergefahren war. Die Stille, die sich danach über die nächtliche Umgebung legte, wirkte fast ein wenig trügerisch.

»Es gibt ein Industriegebiet am Rande der Stadt. Dass dort um diese Zeit noch LKWs hin und her fahren, ist nicht gerade unüblich – vor allem da der große Parkplatz der stillgelegten Kohlefabrik gerne als Übernachtungsplatz für Fernfahrer genutzt wird«, sagte Carl, als er sich wieder im Inneren des Fahrzeugs befand.

Nicholas ließ das zerstörte Handy auf dem Asphalt liegen und fuhr vorsichtig vom Parkplatz der Tankstelle herunter, ohne noch etwas auf den Hinweis von Carl zu erwidern. Um auf die Gegenfahrspur zu gelangen, musste er einen kleinen Bogen fahren. Kurz darauf führte sie der Weg wieder zurück in die Richtung, aus der sie gekommen waren. Nicholas drehte das Radio auf und versuchte so, zumindest etwas gegen die beklemmende Atmosphäre im Inneren anzukommen. Auf dem eingestellten Sender liefen gerade Nachrichten.

»Bitte verlassen Sie heute Nacht unter keinen Umständen das Haus und bieten Sie niemandem, den sie nicht kennen, eine Zuflucht an. Es sind gefährliche Menschen unterwegs – die Polizei hat die Gegend rund um die Kirche hermetisch abgeriegelt und befindet sich am Tatort auf Spurensuche.«

Nicholas spürte, wie die Worte der Nachrichtensprecherin dafür sorgten, dass ihm ein kalter Schauer über den Rücken lief. *Verdammt, sie haben das Massaker in der Kirche bereits entdeckt. Das ist gar nicht gut, da ich diesen verdammten Ring im Taufbecken ablegen muss, sofern ich ihn denn noch in die Hände be-*

kommen sollte. Scheiße. Nachdem die Nachrichtensprecherin mit ihrem Monolog geendet hatte, schlug er vor Wut aufs Lenkrad. Carl, der auf dem Beifahrersitz eingenickt war, schreckte hoch und zuckte zusammen.
»Was ist passiert?«
Der Obdachlose schien wirklich ein paar Sekunden lang nicht da gewesen zu sein, weshalb Nicholas das wiederholte, was die Nachrichtensprecherin erzählt hatte.
»Das ist wirklich schlecht. Vermutlich wird die Polizei auch bald über die Vorkommnisse an der Tankstelle informiert sein. Aber ich denke mal, sobald wir denen immer einen Schritt voraus sind, sind wir zunächst mal in Sicherheit. Auch, wenn sich das Blatt jederzeit wenden kann. Wir müssen aufpassen.«
Carl gähnte und blickte nach vorne.
»Du musst die nächste Ausfahrt runter. Dann noch einen Kilometer weiter und dann sind wir schon fast bei der Fabrik angekommen.«
Das Telefonat ist schon einige Zeit her. Wie wahrscheinlich ist es, dass, sofern er sich dort überhaupt aufgehalten hatte, er noch immer vor Ort ist? Einerseits hatte Isaac nicht so geklungen, als wäre er weiter auf der Flucht. Und was eignete sich besser für eine Nacht, als eine alte Fabrik? Generell passten die Anzeichen schon zusammen, und Nicholas spürte, wie ein Kribbeln durch seinen übermüdeten Körper ging. Er hatte in den letzten Tagen allgemein wenig geschlafen und war mittlerweile so weit, dass er an seine Grenzen gekommen war. Selbst Autofahren, für ihn sonst eines der einfachsten Dinge der Welt, erwies sich nun als ein absoluter Härtetest. Auf seinen Augenlidern lag eine tonnenschwere Last, er schaffte es jedoch irgendwie, sich nicht von selbiger überwältigen zu lassen. *Irgendwie*

habe ich heute Nacht aber auch tatsächlich Glück. Um mich herum sterben Leute wie die Fliegen, und ich überlebe erst eine Attacke im Juweliergeschäft, zwei Killer in einer Wohnung, und zu guter Letzt noch einen schweren Busunfall mit Überschlag – und das ohne große Blessuren. Manchmal spielte das Leben halt tatsächlich verrückt, und er nahm den Umstand, dass er in der heutigen Nacht bisher verschont worden war, einfach billigend zur Kenntnis. Da die Nacht noch nicht vorbei war, brachte ihm all das jetzt noch nichts. Er verringerte das Tempo, als er die nächste Abfahrt vom Highway nahm. Da weit und breit kein Auto in der Nähe war, fuhr er deutlich langsamer als das vorgegebene Tempolimit besagte. Sie schienen sich am Stadtrand zu befinden – die Umgebung war hier etwas ländlicher. Kurze Zeit später hatten sie das Industriegebiet bereits erreicht. Der Asphalt hier war mit Schlaglöchern gesäumt, und der Geländewagen holperte über jedes einzelne herüber. LKWs konnte Nicholas weit und breit nicht sehen, doch da Carl über die alte Fabrik und einen großen Parkplatz gesprochen hatte, machte er sich keine weiteren Gedanken darüber. Die Straße beschrieb nun eine Linkskurve, und als sie diese hinter sich gelassen hatten, war besagter Parkplatz in der Ferne bereits zu erkennen. Nicholas war über das, was sich ihm im Licht seiner Scheinwerfer zeigte, erstaunt. Zahlreiche LKWs parkten nebeneinander, in einigen Fahrerkabinen brannte Licht, während andere bereits in vollkommener Dunkelheit lagen. Von rechts war leise Musik zu hören, während es links absolut ruhig war. Kurz darauf startete einer der LKWs seinen Motor, und es wurde sofort um einiges lauter. Nicholas versuchte, das Geräusch des vorbeifahrenden Fahrzeuges genau zu analysieren, und kam dann, als der LKW bereits hinter der Kurve verschwunden war, zu der Erkenntnis,

dass er genau das während des Gespräches mit Isaac gehört hatte.
»Ich denke, wir sind hier richtig. Das war wirklich ein guter Einfall von dir.«
Carl nickte, sagte jedoch nichts.
»Denkst du, die Fabrik ist ein geeigneter Ort zum Übernachten?«
»Wenn man sich nicht an dem Dreck stört, der dort herumfliegt. Für mich wäre das nichts, da schlafe ich lieber unter freiem Himmel, auch, wenn ich da weniger geschützt bin.«
»Aber es ist möglich, oder?«
»Ja, warum nicht?«
»Ich weiß nicht. Ich wollte nur deine Meinung dazu hören, bevor wir reingehen und nach Isaac suchen.«
»Ach so. Ja, in Anbetracht der ganzen Umstände wäre es nur logisch, wenn er sich dort zur Ruhe begeben hat. Allerdings ist die Fabrik wirklich riesig, wir werden einiges an Zeit benötigen, bis wir sie komplett auf den Kopf gestellt haben.«
Nicholas zuckte mit den Schultern. Er hatte fast damit gerechnet und sich dementsprechend bereits auf eine langwierige Suche eingestellt. Er hoffte einfach nur, dass sie es in dieser Nacht irgendwie noch schaffen würden, das Ruder herumzureißen - auch, wenn die Chancen zugegebenermaßen nicht wirklich gut standen.
»Gehen wir es an.«

12

Sie mussten die alte Fabrik erst nach einer Stelle absuchen, an der sie ins Innere gelangen konnten. Auf der Rückseite waren alle Türen verschlossen, doch auf der linken Seite, etwas abseits in einer Nische, fanden sie eine Tür mit mehreren Warnhinweisen. Nicholas ignorierte diese und wagte sich voraus ins Innere. Es herrschte eine stickige Luft und es war stockdunkel. Draußen hatten sie sich durch das gelbe Licht der Außenbeleuchtung voran bewegen können, drinnen gab es nichts, was ihnen diesbezüglich weiterhalf. Die Luft wirkte extrem dreckig, fast so, als befänden sich Myriaden kleiner Rußpartikel dort, die sich nach und nach auf seiner Gesichtshaut und in seinen Atemwegen festsetzen wollten. In seinem Hals kam ein schwaches Kribbeln auf, woraufhin er irgendwie versuchte, den Staub wieder heraus zu husten. Das war jedoch gar nicht so einfach, weshalb er ein paar Sekunden länger benötigte. Carl hatte sich derweil bereits von ihm gelöst und war ein paar Meter nach vorne gegangen. Zumindest vermutete Nicholas das – er konnte den Geruch des Obdachlosen nicht direkt hinter sich lokalisieren, doch da es in der Fabrik nach einer Mischung vieler verschiedener chemischer Stoffe roch, musste das nicht zwingend etwas bedeuten. Der Boden unter ihren Füßen bestand genau wie die Wand neben ihnen aus kaltem Beton. Nicholas hörte plötzlich ein leises Geräusch in der Dunkelheit, in Folge dessen es etwas heller wurde. Carl hatte eine Tür, die in den nächsten Raum führte, aufgeschoben. Da in selbigem das schwache Licht einer Notleuchte brannte, konnte er nun zumindest etwas erkennen. Er befand sich in einer Art Maschinenraum, auch, wenn die Geräte

längst außer Betrieb waren. *Komisch, dass ausgerechnet die Tür offen war, die direkt in dieses Zimmer führt. Ist das wirklich ein Zufall?* Nicholas wollte in dieser Nacht gar nichts mehr als Zufall abstempeln – nein, alles musste einfach einen festen Grund haben, jeder Weg, den er heute Nacht beschritten hatte, musste einfach eine gewisse Bedeutung haben. *Das ist nicht nur die Aufregendste, sondern auch die längste Nacht, die ich jemals erlebt habe. Das kommt mir wahrscheinlich nur so vor, weil der Überfall auf den Juwelier noch vor Mitternacht erfolgt ist.* Jetzt hingegen war es bereits weit nach Mitternacht – es würde jedoch auch noch eine Weile dauern, bis die Sonne aufgehen würde. Nicholas wünschte sich in diesem Moment einfach nur, auf eine Uhr blicken zu können um wenigstens etwas Zeitgefühl zurückgewinnen zu können – doch die gab es hier nicht, weshalb er einfach weitermachen musste. Im Auto zuvor hatte er so unter Spannung gestanden, dass er daran gar nicht gedacht hatte.
»Kommst du?«
Carls Stimme ertönte. Er wartete noch immer im Türrahmen auf Nicholas, der in den letzten Sekunden seinen Gedanken nachgehangen war. Er vergewisserte sich ein letztes Mal, dass es in diesem Zimmer nichts Interessantes zu entdecken gab, und schritt dann ebenfalls in den anschließenden Bereich. Die Stahltür fiel laut ins Schloss, und da Nicholas mit so einem plötzlichen Geräusch nicht gerechnet hatte, zuckte er zusammen. Der kühle Luftzug, der in Folge dessen aufgekommen war, jagte ihm eine Gänsehaut auf den Körper. Der Raum, in dem sie sich nun befanden, war um einiges größer. Es musste sich hierbei um die ehemalige Produktionshalle handeln – Nicholas konnte im Schein der Notleuchte jedoch nur Konturen erkennen, die

darauf schließen ließen. Direkt am Anfang befand sich ein riesengroßes, altes Fließband. Bevor er sich weiter umsehen konnte, begann sein Handy zu klingeln. Das Geräusch hallte durch den gesamten Raum. Nicholas zog das Gerät aus seiner Tasche heraus, warf einen kurzen Blick darauf und sah, dass es sich erneut um den mysteriösen Anrufer handelte. Überrascht über die Tatsache, dass dieser sich jetzt meldete, nahm er das Gespräch an.

»Hallo?«
»Du entfernst dich vom Zielort. Bist du etwa auf der Flucht?«
Die Stimme klang bedrohlich.
»Nein, keineswegs. Ich versuche nur, den verdammten Ring zu holen.«
»Du hast ihn nicht mehr?«
»Ich hatte ihn nie!«
Nicholas konnte sich in diesem Moment nicht zurückhalten und brüllte die Worte in den Lautsprecher des Handys. Mit diesem Schrei entlud sich von der einen auf die andere Sekunde jede Menge Wut, die sich in den letzten Stunden in seinem Inneren festgesetzt hatte. Zuvor war es ihm immer gelungen, diese zurückzuhalten – auch, weil die Angst oftmals die Oberhand genommen und in den einzelnen Momenten gesiegt hatte. Von selbiger war jetzt jedoch nichts mehr vorhanden – ganz im Gegenteil. Die Worte, die der Mann am Telefon sprach, ließen ihn sich eher sicher fühlen. *Er scheint nicht zu wissen, wo genau ich bin, wenn er fragt, ob ich auf der Flucht bin. Das sind doch schonmal gute Nachrichten.* Nicholas versuchte, zu überlegen, was er als nächstes sagen konnte. Irgendwie musste es ihm gelingen, die Wogen zu glätten. Gleichzeitig wollte er aber auch keineswegs kleinbeigeben, weshalb er nach der goldenen Mitte

suchte. Da er den Lautsprecher nicht auf laut gestellt hatte, erntete er bloß fragende Blicke von Carl. Er entschied sich jedoch bewusst dazu, das Gespräch auf leise zu lassen, da er nicht wollte, dass der Anrufer merken würde, dass sich die Tonart veränderte. Die folgenden Worte, die der Anrufer sprach, waren hingegen so schlimm, dass Nicholas spürte, wie eine heftige Beklemmung in ihm aufstieg.
»Wie viel Blut soll noch an deinen Händen kleben, Nicholas? Du musst selbst entscheiden. Sollte sich der Ring jedoch am Morgen nicht im Taufbecken befinden, wird etwas ganz, ganz schlimmes passieren.«
Ohne überhaupt nochmal Nicholas zu Wort kommen zu lassen, beendete der Mann das Gespräch wieder.
»Was ist passiert?«, fragte Carl, der sofort merkte, dass Nicholas das Gespräch sichtlich mitgenommen hatte.
»Eigentlich nichts. Wir müssen den Ring weiterhin zum Taufbecken bringen – doch bis das passiert, stehen uns gleich mehrere Dinge im Weg. Zum einen die Polizei, die die abgetrennten Köpfe in der Kirche bereits entdeckt und den Tatort hermetisch abgeriegelt hat. Und zum anderen eben die Tatsache, dass ich diesen Ring nicht besitze.«
Nicholas spürte, wie sich leichte Kopfschmerzen anbahnten. Diese waren auf die Mischung von schlechter Luft, zu vielen Gedanken und zu wenig Schlaf zurückzuführen – eine Kombination, die als solches keineswegs gutzuheißen war.
»Wir wissen nicht, ob sich Isaac überhaupt hier befindet. Sollte das nicht der Fall sein, bin ich geliefert.«
»Ruf ihn doch einfach nochmal an. Wenn er sich in der Nähe befindet, hören wir vielleicht das Klingeln seines Handys.«
Auf die Idee war Nicholas auch schon gekommen, hatte sie je-

doch wieder verworfen.
»Das wird üblicherweise nichts bringen. Wir haben eigentlich immer die Anweisung bekommen, unsere Handys zu entsorgen, wenn wir auf der Flucht sind. Aber einen Versuch ist es natürlich wert.«
Auch, wenn er sich nichts dabei erhoffte, behielt er sein Handy in der Hand und scrollte durch die Kontakte, bis er erneut bei Isaac angekommen war. Er startete einen erneuten Anruf und ließ etwa eine halbe Minute klingeln, ehe er es aufgab.
»Hat keinen Zweck«, murmelte er frustriert.
»Vielleicht hat er sein Handy ja auch bereits zerstört und hält sich dennoch in unmittelbarer Nähe auf. Komm, lass uns weitersuchen.«
Nicholas war überrascht davon, dass Carl die Initiative ergriffen hatte. Das passte ihm allerdings auch ganz gut in den Kram, da er sich momentan nicht bereit dazu fühlte. Der Hoffnungsschimmer, der während der Fahrt von der Tankstelle zur Fabrik aufgekommen war, war nicht mehr vorhanden. Er war von der einen auf die andere Sekunde wie ein Streichholz im Wind erloschen. Er schleppte sich hinter Carl hinterher, der bereits ein paar Meter voraus durch die Produktionshalle gegangen war und das alte Fließband hinter sich gelassen hatte. Er wartete allerdings nicht auf Nicholas, sondern fing stattdessen selbst an, zu suchen. Er ging dabei ziemlich akribisch vor, und Nicholas entschloss sich dazu, sich ihm anzuschließen. Insgeheim hoffte er, dass seine Gedanken dadurch etwas vertrieben wurden, auch, wenn er nicht daran glaubte. *Wir haben nur diese eine Chance. Isaac wird sich einen Platz zum Übernachten gesucht haben müssen, um dann morgen unerkannt weiterzuziehen. Und verdammt, nirgendwo anders dürften um diese Uhrzeit noch so*

viele LKWs unterwegs sein. Der Parkplatz hier ist schließlich voll damit! Sein Vorhaben, sich selbst Hoffnung zuzureden, klappte jedoch nicht ganz so, wie er sich das vorgestellt hatte.
»Ich habe eine Taschenlampe gefunden.«
Es wurde direkt etwas heller. Carl schwenkte den Lichtkegel in seine Richtung, und Nicholas musste blinzeln, um seine Augen an die plötzliche Helligkeit zu gewöhnen. Nun hatten sie zumindest etwas, was ihnen die Suche ein wenig erleichtern konnte, weshalb er sich dazu zwang, seinen Fokus wieder auf das zu liegen, was vor ihm lag – vermutlich am ehesten aufgrund der Tatsache, dass sein Leben auch ein Stück weit davon abhing. *Wenn ich den Ring nicht finde, wird mein abgerissener Kopf vermutlich auch durch das Fenster der Kirche geworfen. Da ist es dann auch scheißegal, dass die Polizei sich in direkter Nähe befindet.* Sie stellten die Produktionshalle akribisch auf den Kopf, fanden dabei jedoch nichts Hilfreiches. Im anschließenden Raum sah es da schon ganz anders aus. Es handelte sich um eine kleine Abstellkammer, in der sich jedoch eine alte Matratze auf dem Boden befand, die bereits einige Flecken aufwies.
»Sieht aus wie eine Art Schlafbereich. Aber... hier ist sonst niemand.«
Nicholas hob einer Intuition folgend die Matratze hoch. Er wusste nicht, warum er das tat, doch es stellte sich als goldrichtige Entscheidung heraus. Vermutlich hatte er unterbewusst die kleine Wölbung wahrgenommen, die sich dort auf dem Boden befunden hatte.
»Ist das ein Handy?«
Carl hatte sich hinter ihm gehalten und mithilfe der Taschenlampe geleuchtet. Nicholas nickte bloß. Er erkannte sofort, dass es sich um Isaacs letztes Handy handelte – das Gerät war je-

doch, wie er bereits befürchtet hatte, zerstört. Das Display war vollkommen zerschmettert und auch einige Tasten waren herausgebrochen.

»Das bedeutet ja schonmal, dass wir hier richtig sind. Es sieht allerdings nicht so aus, als hätte er hier sein Nachtlager aufgeschlagen – oder es ist irgendetwas Unvorhergesehenes passiert«, schlussfolgerte Nicholas.

»Ich tippe eher auf letzteres. Die Tatsache, dass er das Handy zerstört und unter die Matratze gepackt hat, spricht ja eher dafür, dass er eigentlich schlafen wollte. Es muss was passiert sein – aber was?«

Nicholas nervte es, dass sie den gesuchten Gegenstand zwar gefunden hatten, jedoch kein Stück weitergekommen waren. *Es muss auch immer irgendwas dazwischenkommen. Kann es nicht einmal gut laufen?*

»Wir müssen weitersuchen. Die Zeit läuft gegen uns.«

Nicholas ließ das zerstörte Gerät an Ort und Stelle liegen. Carl hielt weiterhin die Taschenlampe in der Hand und leuchtete ihnen den Weg. Er ließ den Lichtkegel immer mal wieder nach oben und unten schwenken, vermutlich, um zu schauen, ob es nicht irgendwo doch Spuren geben konnte, die auf den Weg hindeuteten, den Isaac genommen haben konnte. Doch der Boden war so dreckig, dass es nicht möglich war, Fußabdrücke oder dergleichen zu erkennen.

»ISAAC?«

Da es keinen Zweck hatte, ihre Suche still fortzusetzen und auch aufgrund der Tatsache, dass sie vermutlich allein in der Fabrik waren, schrie Nicholas den Namen seines Kollegen laut heraus. Damit hatte er jedoch keinen Erfolg, die Stille, die zuvor schon geherrscht hatte, kehrte auch nach seinem Ruf wieder ein – und machte ihn wahnsinnig. *Was kann ihn dazu gebracht haben, sein Nachtlager wieder zu verlassen?* Nicholas zermarterte sich den Kopf. *Es ist unwahrscheinlich, dass es eine Person war – und wenn es eben keine Person war, dann muss es ein Anruf gewesen sein. Ein Anruf, der ihn dazu verleitet hatte, sein Handy zu zerstören und zu flüchten.* Dass es sich dabei um den mysteriösen Anrufer handelte, der Nicholas in seiner Hand hatte, schloss er aus – einfach aufgrund der Tatsache, dass dieser offenbar nicht wusste, dass er den Ring nicht besaß. *Da wird wohl noch viel mehr hinter stecken, als ich mir überhaupt ansatzweise vorstellen kann.* Dieser Umstand trug nicht gerade dazu bei, dass seine Kopfschmerzen abebbten – ganz im Gegenteil. Carl hatte erneut die Führung übernommen und den Raum mit der Matratze wieder verlassen. Nicholas folgte ihm. Sie mussten erneut die ganze Produktionshalle durchqueren, da sich die Türen, die in die anschließenden Räume führten, immer in den Ecken des riesigen Raumes befanden. Eine schmale Treppe führte sie auf eine Art Plateau ein paar Meter höher, dem sich auch eine Tür anschloss. Carl öffnete selbige und ließ Nicholas hinter sich in den Raum eintreten. Hier verliefen jede Menge alter Rohre an der Decke entlang, durch die scheinbar noch immer Wasser oder irgendetwas anderes floss – das konnte Nicholas an dem leisen Rauschen festmachen, welches nur in diesem Bereich existierte. Zudem wehte ihm ein Schwall warmer Luft aus der Lüftung entgegen. *Die Fabrik ist doch schon lange stillgelegt, was ist hier los?* In diesem Raum wirkte das ganz und gar nicht so, weshalb Nicholas stutzig wurde. *Entweder, ich liege total falsch. Oder aber, es spielt jemand ein Spiel mit uns. Ein beschissenes, abgekartetes Spiel.* Die warme Luft sorgte dafür, dass sich ein Schweißfilm auf seiner Stirn bildete. Er verließ seine Position und ging einen Schritt nach vorne, was dafür sorgte, dass die Tür hinter ihm leise in den Rahmen fiel. Für einen kurzen Moment herrschte Stille – bis auf das beständige Rauschen des Wassers und das Surren der warmen Luft gab es kein anderes Geräusch. Bis zu dem Moment, in dem ein leises Klicken im Schloss zu hören war - welches Nicholas signalisierte, dass sie jemand in dem Raum, in dem sie sich gerade befanden, eingesperrt hatte.

13

»Hey!«

Nicholas warf sich mit seinem gesamten Körpergewicht gegen die Tür, konnte damit jedoch rein gar nichts ausrichten. Er klopfte mit seinen Fäusten gegen die Stahltür, jegliche Geräusche wurden jedoch von dem dicken Material verschluckt, weshalb das Vorhaben absolut keinen Zweck hatte. Frustriert gab er es irgendwann auf und schrie stattdessen nur:

»Wenn ich dich in die Finger kriege, dann drehe ich dir den Hals um! Lass uns hier raus!«

Vermutlich würden seine Worte, wenn überhaupt, nur sehr leise in den anderen Raum gelangen, weshalb er irgendwie versuchte, sich zu beruhigen. Es war jedoch gar nicht einfach, die aufgestaute Wut irgendwie zurückzustecken. Sobald er das versuchte, kam das Gefühl der Hilflosigkeit auf, und da er nicht wusste, was besser war, gab er es einfach auf. Er ließ sich auf den Boden sinken und lehnte sich an die Tür.

»Wir haben verloren. Spätestens jetzt ist es vorbei.«

Carl hatte seine Worte zwar vernommen, aber nicht darauf geantwortet. Er war in der Zwischenzeit dabei, den Raum genauer abzusuchen. Kurze Zeit später war er allerdings zu dem Schluss gekommen, dass es keine andere Möglichkeit gab, ihn zu verlassen, weshalb er sich zu Nicholas gesellte.

»Ich habe eben nicht ansatzweise mitbekommen, dass wir verfolgt wurden. Das kann doch einfach nicht sein.«

Nicholas zuckte bloß mit den Schultern. Es war in dieser Nacht nur ein weiterer Schlag ins Gesicht und somit eine logische Folge, dass irgendetwas schieflaufen musste. Da er sich nicht in der

Lage befand, Carl eine vernünftige Antwort zu geben, ließ er es einfach sein.

»Es ist auf jeden Fall komisch, dass hier Wasser durch die Leitung fließt und die Lüftung an ist«, murmelte er nach ein paar Sekunden.

»Das zeigt, dass noch irgendjemand hier sein muss. Aber aus welchem Zweck? Das kann doch alles nicht nur wegen uns passieren.«

»Es klingt alles nach einem großangelegten Plan, aber es gehörte ja schon eine Menge Zufall dazu, dass wir uns praktisch über die Ladefläche des Wagens auf der wir in den Händen der Entführer waren in Richtung der Fabrik bewegt haben. Ich vermute, dass hier noch irgendetwas anderes vor sich geht. Irgendetwas, was nichts mit dem zu tun hat, weshalb wir hier sind.«

Carl blieb auf den Beinen und schritt erneut den Raum ab, bis er eine Stelle erreicht hatte, an der die Wasserrohre in Greifweite waren. Er klopfte vorsichtig dagegen und wischte mit seinem Finger über die Oberfläche.

»Die Rohre sind zwar nicht gerade sauber, aber es wirkt auf mich nicht so, als seien sie so alt wie alles andere in der Fabrik. Das spricht dafür, dass irgendjemand den Raum im Nachhinein verändert hat – vielleicht, um ihn als Versteck zu nutzen? Das könnte bedeuten, dass wir jemanden gestört haben.«

»Vielleicht ist das dann auch der Grund für die Flucht von Isaac. Er war hier und ist dann abgehauen, als er jemand anderem über den Weg gelaufen ist.«

»Klingt alles plausibel«, murmelte Carl.

»Nur was sollen wir jetzt tun?«

»Was bleibt uns anderes übrig, als zu warten? Vielleicht kehrt derjenige, der uns hier eingeschlossen hat, ja nochmal zurück.«

»Ich fürchte, das ist keine gute Idee. Bis zum Tagesanbruch muss der Ring im Taufbecken sein, richtig? Wir müssen die Initiative ergreifen.«

Nicholas rappelte sich in Folge der Worte von Carl wieder auf. Es brachte definitiv nichts, auf dem Boden sitzen zu bleiben, auch, wenn alles in ihm nach einer mehrstündigen Pause oder ein wenig Schlaf schrie.

»Hier ist eine Werkzeugtasche. Moment.«

Carl hatte sich etwas entfernt und in der Ecke des Raumes eine Entdeckung gemacht, die ihnen weiterhelfen konnte. Nicholas begab sich zu ihm und warf einen Blick auf das, was sich ihm im Lichtkegel der Taschenlampe zeigte. In einer kleinen Nische befand sich tatsächlich besagte Tasche – jedoch waren bis auf eine Wasserpumpenzange, einen Hammer, einen Ringmaulschlüssel und einem Meißel keine anderen Werkzeuge vorhanden. Während Carl in der Tasche herumwühlte, nahm Nicholas sich die Taschenlampe, die der Obdachlose abgelegt hatte. Er ließ den Lichtkegel etwas nach oben schwenken und entdeckte ein Schild der städtischen Wasserwerke. Auf selbigem befand sich auch eine Notfalltelefonnummer unten rechts in der Ecke, und Nicholas spürte, wie ihm ein Einfall kam. *Wenn jemand sonst noch einen Schlüssel für diesen Raum besitzt, dann doch wohl die Leute vom Wasserwerk. Sie müssen ja immer im Falle eines Notfalls schnell zur Stelle sein – und das wahrscheinlich sogar vierundzwanzig Stunden am Tag und sieben Tage die Woche.* Er spann den Gedanken, der sich in seinem Kopf angebahnt hatte, weiter. *Wenn wir einen Wasserrohrbruch vortäuschen, müssen wir uns nicht mal mehr für irgendwas erklären.* Da sie keine andere Alternative hatten, musste er die Chance einfach wahrnehmen. Ohne Carl in seinen Plan einzuweihen, griff er

nach dem Hammer und dem Meißel, die direkt obenauf lagen. Er wandte sich den Rohren zu und versuchte, eine Art Knotenpunkt zu entdecken. *Das alles ist aber auch ziemlich riskant. Sollte der Plan schiefgehen, dann müssen wir das Problem irgendwie wieder beseitigen, damit wir hier drin nicht ertrinken. Diese Stahltür wird nicht mal mehr die großen Wassermassen durchlassen.* Nicholas atmete tief durch, setzte den Meißel an das Rohr, und schlug mit voller Kraft mit dem Hammer zu. Zunächst passierte nichts. Ein paar Versuche später jedoch schoss das Wasser unter einem immensen Druck aus der Leitung. Der Strahl traf Nicholas mitten ins Gesicht und streckte ihn augenblicklich zu Boden. Etwas benommen versuchte er, sein Handy aus der Hosentasche zu bekommen, und sich aufzurichten.
»Was soll das denn?«, fragte Carl verdutzt.
»Da ist eine Notfallnummer. Leuchte mir mal bitte.«
Carl tat wie geheißen, hob die Taschenlampe, die in Folge des Sturzes von Nicholas ebenfalls zu Boden gefallen war, auf und richtete den Lichtkegel auf das Schild. Die Zahlen waren zwar ziemlich klein geschrieben, jedoch gerade noch so erkennbar. Er tippte sie mit zitternden Händen ein und betätigte kurz darauf die Wahltaste. Schon nach wenigen Sekunden war eine Verbindung in der Leitung entstanden. Während Nicholas am Ohr leise die Musik der Warteschleife hörte, spürte er, wie das kalte Wasser schon über seine Schultern lief und seinen Körper durchnässte.
»Herzlich willkommen bei den städtischen Wasserwerken. Möchten Sie mit unserer Servicezentrale verbunden werden? Dann drücken sie bitte die eins.«
Hastig tippte Nicholas die eins ein, woraufhin die Musik verschwand und einem leisen Piepen Platz machte.

»Städtische Wasserwerke, Sie sprechen mit Mary-Ann Walker, was kann ich für Sie tun?«

»Äh, hallo. Nicholas Winston mein Name. Ich möchte einen Wasserrohrbruch melden.«

»Bitte geben Sie mir zur Lokalisierung Ihres Standortes die Nummer durch, die sich auf dem Schild der Anlage befindet.«

»Moment.«

Nicholas bedeutete Carl stumm, erneut auf das Schild zu leuchten. Der Obdachlose wirkte dieses Mal nicht ganz so überzeugt von dem Vorhaben. Auf dem Boden hatte sich derweil bereits eine ordentliche Schicht Wasser gesammelt, und der Strahl lief weiterhin erbarmungslos aus der aufgeplatzten Stelle heraus.

»Sieben fünf vier sechs sieben fünf acht«, las er ab.

Er hörte, wie Mary-Ann die Zahlen am anderen Ende der Leitung in ihren Computer tippte.

»Sie befinden sich also in der ehemaligen Kohlefabrik der Firma *Crees*?«

»Ganz genau.«

»Ich schicke Ihnen einen Techniker vorbei. In fünfzehn bis zwanzig Minuten wird jemand bei Ihnen sein.«

Der Wasserpegel stieg derweil Zentimeter für Zentimeter. *In zwanzig Minuten steht der Raum komplett unter Wasser.*

»Danke. Bitte beeilen Sie sich, es sieht wirklich übel aus.«

»Der Techniker ist bereits informiert. Bitte bleiben Sie ruhig und warten Sie, bis er angekommen ist.«

Kurz darauf beendete sie das Gespräch, woraufhin wieder eine beängstigende Stille in der Leitung herrschte.

»Und?«, fragte Carl, während er seinen Blick jedoch nicht vom Boden richtete, sondern stattdessen den steigenden Wasserpe-

gel im Auge behielt.
»Es dauert fünfzehn bis zwanzig Minuten. Wir müssen uns irgendwas einfallen lassen, um die Wassermenge ein wenig zu regulieren. Ansonsten stecken wir in zehn Minuten bereits tief in der Scheiße.«
Ohne weitere Zeit zu verlieren, wandte Carl sich erneut der Werkzeugtasche zu.
»Ich hätte hier eine Rolle Klebeband, aber ob das lange hält...«
»Wir müssen es versuchen!«, fuhr Nicholas ihm ins Wort und zog sich seinen Pullover aus.
Dabei dachte er jedoch nicht an die Schnittwunde, die er sich am Anfang der Nacht beim Sprung durch das Schaufenster des Juweliers zugezogen hatte – und stöhnte vor Schmerz auf, als der Stoff, der sich mit dem Blut gemischt und auf der getrockneten Wunde festgeklebt war, von selbiger heruntergerissen wurde. Für eine Zehntelsekunde wurde ihm schwarz vor Augen, bis er sich daraufhin wieder gefangen hatte.
»Fang.«
Carl warf ihm die Klebebandrolle zu, die Nicholas jedoch nicht fangen konnte. Sie landete im Wasser, doch Nicholas schaffte es gerade noch irgendwie, sie direkt wieder hochzuziehen, bevor sie auf den Grund gesunken war. Das Wasser stand ihnen bereits bis knapp unter die Knie, und es war so kalt, dass Nicholas spürte, wie seine Gliedmaßen langsam taub wurden. *Weiter, immer weiter. Wenn du jetzt aufgibst, dann stirbst du. Und du hast heute Nacht schon so oft den Tod abgewendet, dass es jetzt einfach nur lächerlich wäre, zu ertrinken.* Dieser Gedanke spornte ihn an, weiterzumachen. Er knüllte seinen Pullover zusammen und hielt ihn sich als Schutz vors Gesicht, um sich so dem Wasserstrahl, der nicht schwächer geworden war, nä-

hern zu können. Das Klebeband hielt er irgendwie mit der anderen Hand fest.

»Komm mal bitte her, du musst mir mal zur Hand gehen.«
Mit zwei Händen würde er das Problem nicht lösen können. Carl kam durch das Wasser auf ihn zu gewatet. Nicholas streckte ihm ein Stück Klebeband entgegen und hielt selbst die Rolle fest, um einen längeren Streifen abreißen zu können. Das erwies sich jedoch mit nassen Händen als gar nicht mal so einfach, und als er das dritte Mal abrutschte, fluchte er laut auf. Beim vierten Versuch klappte es dann schließlich, und er versuchte, seinen Pullover irgendwie auf der Rohrbruchstelle zu fixieren. Der Wasserdruck erwies sich jedoch für den Moment als schier übermächtiger Gegner, und der Pegel war mittlerweile so weit angestiegen, dass er sich mit seiner Hüfte unter Wasser befand. Da Carl etwa einen Kopf kleiner war als er, fing es nun bereits langsam an, schwierig für ihn zu werden. Die Decke des Raumes lag auch nur ein paar Zentimeter, vielleicht zehn oder zwanzig, über seinem Kopf. *Vielleicht sind es ja diese paar Zentimeter, die unsere Ärsche retten.* Da er sein Zeitgefühl absolut verloren hatte, konnte er nicht sagen, wie viel Zeit seit dem Anruf vergangen war. Er griff sich an seine Hosentasche und schaffte es, sein Handy herauszuziehen. Das Gerät hatte jedoch aufgrund des Wassers bereits komplett den Geist aufgegeben, es ließ sich nicht mehr anschalten, woraufhin Nicholas es mit voller Kraft gegen die Wand des Raumes schmetterte. *Immerhin werde ich so nicht mehr von dem Anrufer terrorisiert. Es hat doch alles etwas Gutes.* Zudem war das Ziel ja bereits klar, sie mussten irgendwie an den Ring gelangen und ihn eben im Taufbecken ablegen. Doch das alles stand erstmal hinter der Tatsache an, dass sie aus dem Raum gerettet werden mussten, wenn

sie überhaupt noch einen Fuß vor den anderen setzten wollten. *Wäre auch irgendwie urkomisch, wenn der Techniker pünktlich da ist, aber keinen Schlüssel für den Raum besitzt.* Nicholas wusste nicht, warum er gerade jetzt, wo ihm das Wasser bereits bis zum Bauchnabel stand, daran denken musste. Manchmal kamen in den merkwürdigsten Situationen eben die verrücktesten Gedanken. Carl bekam derweil bereits erste Schwierigkeiten. Das Wasser stand ihm schon bis zum Hals, und es würde nur noch wenige Momente dauern, bis er keine Luft zum Atmen mehr haben würde. Nicholas versuchte daher verzweifelt, seinen Pullover an der Bruchstelle zu fixieren, und er schaffte es tatsächlich, mit zehn Streifen Klebeband den Strahl etwas einzudämmen. Der Pegel stieg zwar immer noch, aber das nun deutlich langsamer als zuvor, da der Pullover eine ganze Menge Wasser zurückhielt. Er atmete erleichtert durch und besann sich nun darauf, eine kleine Pause einzulegen.

»Steig auf den Tisch, dort, wo die Werkzeugtasche lag. Dann bist du etwas höher«, riet er Carl, der sich bereits das erste Mal am Wasser verschluckt hatte.

»Ich kann nicht schwimmen.«

Es war dem Obdachlosen anzusehen, dass er sich in einer absoluten Grenzsituation befand. Der Mann atmete panisch ein und aus und versuchte wild, sich irgendwie aus der Umklammerung des kalten Wassers zu befreien.

»Das musst du doch auch nicht!«, versuchte Nicholas, ihn zu beruhigen.

»Du kannst doch noch stehen. Geh einfach rüber und stell dich auf den Tisch, dann hast du auch genug Platz zum Atmen.«

Bei Carl hatte die Panik jedoch komplett die Oberhand übernommen, der Obdachlose schien nicht mehr in der Lage zu sein,

einen klaren Verstand zu bewahren. Nicholas sprang daher nach vorne und versuchte, den massigen Körper über Wasser zu halten. Da der Obdachlose jedoch wie wild um sich schlug, war das ein sehr schweres Vorhaben. Doch Nicholas gab nicht auf, sondern intensivierte seine Bemühungen noch. Zum Glück stieg der Wasserpegel nicht mehr so schnell wie zuvor, weshalb die Zeit nicht ganz so ein drastischer Faktor war. Nicholas hoffte irgendwie, dass der Obdachlose sich schnell beruhigen würde, doch die kommenden Sekunden zeigten, dass er mit dieser Hoffnung eher auf verlorenem Posten stand. Ohne es wirklich zu wollen, sondern vielmehr dem Gedanken zugehörig, dass er keine andere Wahl hatte, schlug er Carl kräftig ins Gesicht. Der Obdachlose stellte seine Bewegungen daraufhin ein und sackte nach vorne. *Hat er jetzt etwa sein Bewusstsein verloren?* Nicholas spürte einen Anflug von Panik in sich aufsteigen.
»Carl, verdammt!«
Carl kam langsam wieder auf die Beine, das konnte Nicholas an dem Widerstand spüren, der sich plötzlich gegen seine Hand stemmte. Er erhöhte seine Kraft etwas, so dass er Carl in die Ecke in Richtung des Tisches schieben konnte. Die Taschenlampe war in der Zwischenzeit längst heruntergefallen und auf den Boden gesunken, der Lichtkegel hingegen reichte dazu aus, zumindest den Teil des Raumes, in dem sie sich befanden, einigermaßen zu beleuchten. Im gelben Licht war zu sehen, dass sich der Dreck vom Boden im gesamten Wasser um sie herum verteilt hatte. Auf seiner Haut klebte ein dünner Schmierfilm, und sein T-Shirt war bereits vollkommen durchnässt.
»Warum hast du...?«
Carl klang benommen, und Nicholas hoffte insgeheim, dass das nicht auf seinen Schlag zurückzuführen war. *Was hätte ich*

sonst tun sollen? Er hat einen Panikanfall erlitten, war regungslos und wäre beinahe ertrunken, und das, obwohl ihm das Wasser noch nicht mal bis über dem Hals stand.
»Ich habe dir eben das Leben gerettet, weil du eine Panikattacke hattest. Es tut mir leid, dass ich dich geschlagen habe, aber ich musste es tun, weil du sonst ertrunken wärst.«
Carl murmelte irgendetwas Unverständliches vor sich hin, schien die Antwort aber zu akzeptieren. Währenddessen versuchte er, sich auf dem Tisch aufzurichten. Das gelang ihm auch, und er befand sich augenblicklich ein ganzes Stück höher. Nicholas wandte sich ab und versuchte, sich wieder mehr auf sich selbst zu konzentrieren. Dass die Uhren in der heutigen Nacht langsamer ticken würden, daran hatte er sich schon gewöhnt – doch der Anruf bei den Wasserwerken musste einfach schon eine Viertelstunde her sein, weshalb der Techniker eigentlich jede Minute auftauchen sollte. Doch zumindest in den nächsten Sekunden tat sich nichts – das einzige Geräusch, welches weiterhin beständig den Raum ausfüllte, war das Rauschen des Wasserstrahls, der immer wieder versuchte, durch den dicken Stoff des Pullovers hindurch zu dringen, sich dabei aber immer in ihm festsaugte. Das leise Surren des Lüftungsgitters, aus dem noch immer leicht warme Luft strömte, ging im Rauschen des Wassers unter und war nicht mehr zu hören. Der Luftzug hingegen war noch zu bemerken, er konnte jedoch auch nichts gegen das kalte Wasser, welches Nicholas nun schon über der Brust stand, ausrichten. *Vielleicht ist der Techniker ja auch schon hier, findet den Raum aber nicht. Ich sollte vielleicht versuchen, mich bemerkbar zu machen.* Er schwamm den Meter herüber, der ihn von der Tür trennte, und versuchte, mit seinen Fäusten gegen den dicken Stahl zu hämmern. In diesem

Moment hatte er gleich zwei schier übermächtige Gegner – zum einen war da das eiskalte Wasser, welches einen erbarmungslosen Widerstand bildete und ihn mit aller Kraft davon abhalten zu wollen schien, die Bewegung auszuführen. Zum anderen gab es da natürlich auch den dicken Stahl, der weiterhin jedes Geräusch verschluckte. Nicholas gab trotzdem nicht auf und hämmerte wie von Sinnen gegen die Tür. Dadurch hörte er gar nicht, wie kurz darauf auf der anderen Seite ein Schlüssel ins Schloss gesteckt wurde – erst, als die Tür sich öffnete und die immense Wassermenge in Form einer Welle in die Produktionshalle schwappte, bemerkte er, dass sie aus ihrer tödlichen Falle befreit worden waren.

14

Nicholas konnte gegen die Welle nichts ausrichten und spürte, wie er das Gleichgewicht verlor. Der Techniker, der die Tür erst geöffnet hatte, schien mit so einer enormen Wassermenge nicht gerechnet zu haben und wurde ebenfalls von den Beinen gerissen. Nicholas versuchte, irgendwie das Geländer der Treppe, die wieder nach unten führte, zu fassen zu bekommen, doch er schaffte es nicht und landete mit voller Kraft auf dem Bauch. Der Aufprall presste ihm die Luft aus den Lungen, und für ein paar Sekunden dachte er, er hätte sich eine oder mehrere Rippen gebrochen. Der Schmerz verschwand jedoch glücklicherweise wieder recht schnell, und einen Moment später hatte er sich bereits aufgerichtet und half dem Techniker auf die Beine. Der Blaumann, den der Mann trug, war ein bis zwei Nummern zu groß. Die Hosenträger saßen locker um seine Schulter herum, und auch das weiße, verdreckte und durchnässte T-Shirt darunter war deutlich zu groß.
»Verzeihen Sie die Verspätung, ich stand leider im Stau. Was ist denn hier passiert?«
Während des Sturzes hatte der Mann seine Werkzeugtasche aus der Hand verloren, sie befand sich jedoch direkt neben ihm auf dem Boden. *So spät in der Nacht soll noch irgendwo Stau sein? Na ja, vielleicht will er auch einfach nicht erzählen, dass er stattdessen seine Zeitung noch zu Ende gelesen hatte oder nochmal auf der Toilette war.* Nicholas zuckte mit den Schultern.
»Ein Rohr ist geplatzt, als wir uns gerade im Raum aufhielten. Unglücklicherweise haben wir den Schlüssel dann verloren und nicht wiedergefunden.«

Er hoffte, dass der Mann ihm diese Notlüge abnehmen würde, und so wie es aussah, tat der Techniker auch genau das. Er stellte keine weitere Frage, sondern wagte sich stattdessen in den Raum hinein.
»Benötigen Sie uns noch, Sir? Wir müssten sonst nämlich weiter.«
»Den Rohrbruch werde ich heute Nacht sowieso nicht mehr fixen können, das müssen sich meine Kollegen bei Tagesanbruch dann anschauen. Nun müssen wir bloß noch zum finanziellen kommen.«
Zum finanziellen? Nicholas spürte, wie ihm ein siedend heißer Schauer durchzuckte. *Das ist doch nicht normal. Die Rechnung sollte per Post gesendet werden – an den Eigentümer der Fabrik und nicht an uns.* Hilflos blickte er sich um und versuchte, irgendetwas zu entdecken, womit er den Techniker möglicherweise außer Gefecht setzen können würde. In dieser Nacht war er zu allem bereit, sofern es ihm denn am Ende dazu helfen würde, lebend aus der ganzen Sache herauszukommen.
»Stellen Sie mir eine Rechnung aus. Mir gehört die Fabrik.«
Nicholas hangelte sich in diesem Moment von Notlüge zu Notlüge und hoffte, dass das imaginäre Seil unter ihm nicht durchreißen würde. Fakt war auf jeden Fall, dass es zum Zerreißen gespannt war, und ein einziger Schritt schon für einen vollständigen Riss sorgen konnte. Der Techniker schien ihm das jedoch auch abzunehmen. Er zog bloß eine Augenbraue hoch und sagte:
»Dann werden wir das tun. Seien Sie aber nun so gut und verlassen Sie den Raum. Ich muss mich noch etwas umsehen.«
Nicholas nickte und war froh, dass sie nun wieder frei waren. Er verabschiedete sich von dem Mann und bedeutete Carl, ihm

zu folgen. Dieser tat das dann auch, ohne ein Wort zu verlieren.
»Ein schmieriger Typ irgendwie, oder?«, fragte Carl, nachdem sie die Produktionshalle verlassen hatten und die Tür hinter ihnen ins Schloss gefallen war.
»Stimmt. Seine Klamotten waren ihm allesamt zu groß und irgendwie ziemlich abgetragen. Na ja, egal, es sollte uns nicht kümmern. Er arbeitet halt bei den städtischen Wasserwerken.«
Nicholas legte eine kurze Pause ein und sprach dann weiter.
»Wir sollten uns noch weiter in der Fabrik umschauen. Dieses Mal kontrolliere ich allerdings die Räume, während du vor der Tür Wache schiebst. Okay? Wir müssen einfach vorsichtiger zu Werke gehen, um so etwas wie eben tunlichst zu vermeiden.«
Carl nickte.
»Machen wir so. Die Taschenlampe habe ich aber im Raum vergessen. Wir müssen es jetzt wohl oder übel ohne versuchen.«
»Das wird schon klappen. Lass uns einfach schnell den restlichen Teil der Fabrik abklappern und hoffen, dass Isaac noch vor Ort ist und wir diesen verdammten Ring endlich in die Finger kriegen.«
Erst jetzt, wo sein Körper nicht mehr unter Strom stand, spürte er das kalte Wasser und seine klammen Klamotten. Sie mussten sich komplett blind durch die Dunkelheit tasten, doch Nicholas wusste, dass er sich diesbezüglich auf seine Sinne verlassen konnte. Sie hatten sich in den letzten Stunden ziemlich geschärft und ihm stets weitergeholfen – mal mehr, mal weniger. Dieses Mal musste er die Alternative ergreifen, weshalb er genau das auch tat. Carl hielt sich direkt hinter ihm, was vermutlich auch der Tatsache geschuldet war, dass er noch nicht wieder ganz fit war. Von seiner Panikattacke war zwar nichts mehr zu sehen, doch die Blessuren, die er in dieser Nacht bereits erlit-

ten hatten, schienen ihm ordentlich zuzusetzen. Zudem war er auch zu dem Zeitpunkt, an dem sie sich im Wald getroffen hatten, nicht in Topform gewesen. Er hielt sich allerdings wacker und folgte Nicholas auf dem Fuß. Die Produktionshalle war noch größer als gedacht. Hinter dem Fließband beschrieb der Raum eine Kurve, an die sich ein kurzer Flur anschloss, der am Ende eine Tür besaß. Mehr konnte Nicholas jedoch in diesem Moment nicht erkennen - bis auf das schwache Licht der insgesamt vier Notleuchten, die sich an der Wand befanden, gab es nichts, was ihnen den Weg leuchten konnte. *Irgendwie komisch, der Typ hätte doch eigentlich mal das Licht anknipsen können. Sofern es hier überhaupt noch andere Lampen gibt. Was geht hier nur vor sich?* Nicholas war so auf seine Gedankengänge fixiert, dass er erst sehr spät bemerkte, dass in dem Bereich, den sie nun beschritten, ein merkwürdiger Geruch in der Luft lag. Er konnte selbigen zunächst nicht einordnen, doch er schien direkt von vorne zu kommen.

»Hier verwest doch irgendwas«, murmelte Carl, und nun wusste Nicholas auch endlich, womit der Gestank zusammenhängen konnte. *Er hat recht. Verdammt, es stinkt hier nach Verwesung, und so, wie das riecht, wird das nicht bloß eine Ratte oder ein anderes Tier sein.* Mit zitternden, schweißnassen Händen tastete er sich weiter voran, bis er an einer Tür angekommen war, die das Ende des Bereiches markierte. Es dauerte etwas, bis er den Türgriff gefunden hatte. Als er danach griff und die Klinke herunterdrücken wollte, hatte er sie wenige Augenblicke später in der Hand. Da es sich bei dieser Tür nicht um eine dicke Stahltür, sondern um eine einfache Holztür handelte, konnte er sie jedoch mit einem gezielten Tritt problemlos öffnen. Das Türblatt brach oben aus dem Rahmen, und die Platte riss mit einem lauten Knall aus den Angeln heraus und fiel zu Boden.

»Bleib trotzdem hier vorne. Wer weiß, was hier noch so alles passiert«, wies Nicholas Carl an, während er sich durch den Raum schlug.

Er musste dabei gegen den enormen Brechreiz ankämpfen, der in seinem Inneren aufgestiegen war. Es stank hier nicht nur nach Verwesung – das wäre vermutlich noch auszuhalten gewesen. Nein, es roch auch noch nach Erbrochenem, Fäkalien, Blut und Urin. *Was ist das bitte für ein Raum, verdammt? Eine Leichenkammer?* Das Geräusch, welches entstand, während er über den Boden schritt, glich einem Schmatzen. Seine Sohlen klebten nahezu an der ekelerregenden Masse fest, und es fühlte sich so an, als würden ihn unsichtbare Hände zu Boden reißen wollen. Nicholas wusste nicht, ob er in diesem Fall Licht haben wollen würde – allein der Geruch des Raumes verhieß absolut nichts Gutes. *Hier finden wir ja wohl nichts. Oder?* Er wollte es dennoch herausfinden und hatte bald das Ende des schrecklichen Raumes erreicht, an dem sich erneut eine dünne Holztür befand, hinter der das nächste Zimmer liegen musste. Dieses Mal ging Nicholas vorsichtiger mit der Klinke vor, und da die Tür nicht abgeschlossen war, konnte er sie tatsächlich aufschieben.

»Mhmhmhmhhmhmhm.«

Plötzlich erklang ein Geräusch aus der Dunkelheit heraus – in einem Moment, in dem er absolut nicht damit gerechnet hatte. Sein Herz fing plötzlich an, schneller zu schlagen. Das Wimmern hörte nicht auf, weshalb er sich daran orientieren konnte. Er tastete die Wand nach einem Lichtschalter ab, und fand auch tatsächlich einen. Als er diesen betätigte, geschah jedoch nichts. Er versuchte es noch zwei weitere Male, und hatte dann schließlich Erfolg. Einem kurzen Flackern folgte dann ein beständiges, schwaches Leuchten. Am Boden befand sich nicht bloß eine Person, sondern zwei. Beide waren gefesselt und geknebelt, was die entstandenen Geräusche erklären konnte. Isaac war eine der beiden Personen, was Nicholas ungemein erleichterte. Die andere Person war etwas korpulenter, und bei näherem Hinsehen erkannte er, dass sie nicht mehr am Leben war. Die Bauchhöhle war mit einem Querschnitt geteilt worden, und die Gedärme hatten sich auf dem Parkettboden verteilt. Neben ihm befand sich eine schmale Papierkarte auf dem Boden, und als Nicholas sie näher in Augenschein nahm, spürte er, wie sich eine eiskalte Hand um sein Inneres legte. Die Tatsache, dass das, was sich dort vor ihm befand, eine Visitenkarte war, wäre ja im Normalfall nicht so schlimm gewesen – dass es jedoch eine Visitenkarte von den städtischen Wasserwerken war, vermischt mit der Tatsache, dass dem Mann die Arbeitskleidung, die der falsche Techniker getragen hatte, mit Sicherheit nicht zu groß gewesen wäre, raubte ihm für einen Moment die Luft. Kurze Zeit später zerriss ein Schrei direkt hinter ihm die umliegende Stille.

15

»Carl!«
Nicholas hatte direkt erkannt, dass es der Obdachlose gewesen war, der aufgeschrien hatte. Er beachtete Isaac nicht weiter, sondern rannte stattdessen in die Richtung, aus der der Schrei gekommen war. Er konnte nicht viel sehen, da das Licht immer schwächer wurde – doch zumindest erklärte es sich nun von selbst, woher diese fürchterliche Geruchsmischung kam. Der Raum, an dessen Tür Carl Wache geschoben hatte, war mit allen möglichen Flüssigkeiten beschmiert. Nicholas versuchte, seinen Fokus irgendwie in eine andere Richtung zu lenken, spürte jedoch, wie er dabei an seine Grenzen ging. Carl war derweil zu Boden gesackt, und aus seinem Bauchbereich ragte der Griff eines Messers heraus. Von dem, der den Angriff ausgeführt hatte, war keine Spur zu sehen.
»Scheiße.«
Nicholas ging auf die Knie und spürte dabei etwas Flüssiges. Dem Geruch nach zu urteilen, hatte er sich in einer Pfütze aus Urin niedergekniet. Das war ihm in diesem Moment jedoch relativ egal, nun musste er erst einmal versuchen, Carl zu retten – wenn das denn möglich war. Der Brustkorb des Obdachlosen hob und senkte sich regelmäßig, was bedeutete, dass er noch atmete. Das Messer steckte jedoch bis zum Anschlag in seiner Bauchhöhle, und eine Menge Blut war bereits aus der Wunde auf den Boden gesickert. *Scheiße, die Klinge hat eine Vene erwischt. Das endet im Normalfall ohne medizinische Hilfe tödlich. Zudem habe ich ja dank meiner grandiosen Idee mit dem Rohrbruch kein Handy mehr.*

»Carl. Sieh mir in die Augen.«
Die Lider des Obdachlosen flackerten. Es war ihm deutlich anzusehen, dass die Stichverletzung zu schwer war – er hatte maximal noch eine Minute zu leben, wenn nicht sogar nur noch ein paar Sekunden. *Wie ungerecht ist das Leben bitte manchmal? Er hat es als letztes verdient, hier auf dem Boden wie ein Schwein auf der Schlachtbank zu verbluten. Warum befinde ich mich nicht an seiner Stelle? Ich bin definitiv der schlechtere Mensch.* Nicholas nahm die kalte Hand des Obdachlosen in seine und flüsterte:
»Danke für deine Hilfe.«
Aus dem Augenwinkel des Mannes lief eine einsame Träne über seine Wange, ehe das Licht des Lebens aus seinen Augen erlosch und sein Atem aufhörte. Nicholas blickte sich um, doch von dem Mann, bei dem es sich höchstwahrscheinlich um den falschen Techniker handelte, fehlte jede Spur. Er zog das Messer aus dem Bauch, woraufhin noch eine Blutfontäne heraussprudelte. Dann zog er Carl aus dem Rahmen heraus, damit er die Tür schließen konnte. Vorher versuchte er mit geballter Kraft, das Schloss zu zerstören, um zu verhindern, eventuell sogar eingesperrt zu werden. Kurz darauf wandte er sich ab und ging wieder in die Richtung von Isaac, um ihm endgültig den Knebel und die Fesseln abzunehmen.
»Danke, man. Verdammt. Der Typ scheint wirklich der Schlitzer zu sein.«
»Was meinst du? Und was machst du hier überhaupt?«
Nicholas war einerseits schon froh, ihn endlich gefunden zu haben. *Jetzt muss ich mir nur noch irgendwie, notfalls gegen seinen Willen, den Ring holen. Aber vorher muss ich wissen, warum er ausgerechnet hier ist.*

»Na, der Typ. Die Zeitungen waren zumindest gestern voll damit – ich lese immer gern etwas in der lokalen Presse, bevor ich mich an einen fremden Ort begebe. Und dort stand eben etwas von einem Serienmörder, der sich den Namen „der Schlitzer" gibt. Seine Opfer sterben allesamt durch Messerangriffe, und er hat bereits mehr als zehn Leben auf dem Gewissen. Die Vorgehensweise passt einfach, und auch die Tatsache, dass er sich in einer alten Fabrik verschanzt hat – auf die ich zufällig gestoßen bin.«

Er legte eine kurze Pause ein und richtete sich derweil mithilfe von Nicholas auf.

»Ich habe hier einfach einen Unterschlupf gesucht, um am nächsten Tag abzuhauen. Doch das hat sich jetzt vermutlich erledigt.«

»Wie bist du hierhergekommen?«

»Durch einen Fernfahrer. Er hat mich aufgelesen, als ich vom Juweliergeschäft entkommen bin.«

»Samuel hat es nicht geschafft?«

Da Nicholas nicht wusste, was er noch glauben konnte – immerhin war Isaac eigentlich vor seinen Augen gestorben – fragte er noch mal nach.

»Nein. Ein Kopfschuss, er war sofort tot.«

»Und du? Ich war fest der Meinung, gesehen zu haben, dass du auch durch eine Kugel getötet worden warst.«

»Bin ich denn hier oder nicht?«, fragte Isaac.

Er ließ Nicholas jedoch nicht zu einer Antwort kommen, sondern sprach einfach weiter.

»Ich bin entkommen – zwar nicht mit der ganzen Beute, doch immerhin mit dem hier.«

Er kramte in seiner Tasche herum – und zog den Ring hervor.

Nicholas spürte, wie ihm für einen Moment die Luft wegblieb. Das Objekt der Begierde, der Gegenstand, der ihn innerhalb weniger Stunden durch die komplette Stadt gejagt hatte – vom Juwelier über den Wald zur Wohnung von Diana Wood, von dort aus zur Kirche und dann über die Ladefläche eines PKWs in die scheinbar leerstehende Fabrik – befand sich nun direkt vor seinen Augen. Er spürte, wie sich seine Hand fast von alleine um das hölzerne Heft des Messers verkrampfte. *Nein, verdammt. Du musst dem Trieb, zu töten, widerstehen. Du musst das Ganze mit Worten lösen. Du bist doch kein Mörder, verdammt.* Auch, wenn sich das als sehr schwer herausstellen würde, wollte er es versuchen, wenn der richtige Zeitpunkt gekommen war.
»Den Rest hast du verloren?«
»Leider ja. Der Überfall ist komplett aus dem Ruder gelaufen. Warum musste der Typ mit seiner scheiß Waffe auch plötzlich aus dem Nichts auftauchen?«
»Ich konnte mir das auch nicht erklären. Solche leichtsinnigen Fehler passieren uns doch sonst nicht. Da hilft es halt vorher auch nicht, das Gebäude zu observieren, die Alarmanlagen zu checken und alles andere, wenn dann sowas passiert.«
Isaac nickte.
»Wie dem auch sei, lass uns den Schlitzer zur Strecke bringen und dann zu Hugo, um den Ring abzuliefern. Ich meine, er wird zwar enttäuscht sein, doch das Ding scheint echt verdammt viel wert zu sein.«
Nicholas nickte, auch, wenn er wusste, dass es dazu nicht kommen würde. *Selbst, wenn ich ihn töten müsste, um den Ring zu bekommen, dann würde ich es tun. Es ist jetzt schon riskant genug, nicht mehr erreichbar zu sein. Ich begebe mich auf gefährliches Terrain, wenn ich nicht vor Tagesanbruch bei der Kirche*

bin. Bis dahin hatten sie vermutlich noch genug Zeit, die Sonne würde nicht vor halb acht aufgehen, und es musste jetzt zwischen drei und vier Uhr nachts sein. *Die Kirche wird der entscheidende Ort sein.* Die Tatsache, dass der Mann bisher absolut skrupellos vorgegangen war und offenbar auch seine Kontaktleute hatte, die ihm zwar halbherzig, jedoch immer und überall Steine in den Weg zu legen schienen, ließ Nicholas nicht daran zweifeln, dass er den Ring abliefern musste, um am Leben zu bleiben.
»Okay. Lass uns los.«
Er entschied, dass jetzt, wo sie erst einmal den Serienmörder zur Strecke bringen wollten, der falsche Zeitpunkt war, um erneut über den Ring zu sprechen. Danach musste er es irgendwie schaffen, Isaac unter einem Vorwand zur Kirche zu locken. *Das kriege ich schon hin. Ich sollte mir einfach gleich irgendeinen Plan zurechtlegen, dann klappt das auch.* Sie verließen den schrecklichen Raum und traten wieder auf den Korridor. Nicholas versuchte krampfhaft, keinen Blick mehr auf die Leiche von Carl zu werfen, schaffte das jedoch nicht. Er spürte beim Anblick des toten Obdachlosen sogar einen Anflug von Trauer in sich aufsteigen, den er in diesem Moment nicht so leicht zurückhalten konnte.
»Wer war der Typ eigentlich?«, fragte Isaac, während sie den Raum verließen.
»Er hat mir heute Nacht sehr geholfen. Alles weitere zu erzählen, würde zu viel Zeit verschwenden.«
Und würde nicht ins Thema passen, weil es um diesen Ring geht, den du bei dir trägst, fügte er in Gedanken hinzu, sprach es aber nicht aus.
»Dann bedauere ich den Tod sehr. Aber du weißt, wie es bei uns

im Business ist – Leben sind vergänglich, und eigentlich dürfen wir ja keine Unbeteiligten in alles mit reinziehen.«
»Ich konnte da rein gar nichts gegen tun. Fakt ist auf jeden Fall, dass er es nicht verdient hat – vermutlich genau so wenig, wie der Mann von den Wasserwerken. Alleine schon deswegen müssen wir den Schlitzer zur Strecke bringen. Komm.«
Sie traten den Weg in Richtung Produktionshalle an, sprachen dabei allerdings kein Wort mehr miteinander. Es gab einfach nichts mehr zu sagen, sie waren sonst auch immer ohne viele Worte ausgekommen, und warum sollte sich das jetzt ändern? Sie mussten beide ihren Fokus aufrechterhalten und würden selbigen nur verlieren, wenn sie sich gegenseitig ablenken würden. *Warum hat er Isaac eigentlich nur gefesselt und nicht auch getötet? Das ergibt doch alles gar keinen Sinn.*
»Ich kann nicht mit Bestimmtheit sagen, wo er hin ist, aber er wird sich irgendwo in der Nähe aufhalten.«
Isaacs Stimme hatte nun einen Flüsterton angenommen. Nicholas folgte ihm leise und versuchte, möglichst keine Geräusche zu erzeugen, während er über den Betonboden schlich. *Wir sollten uns ein wenig beeilen. Die Zeit läuft gegen uns.* Nicholas wurde langsam unruhig, als sie den Raum durchschritten, jedoch nichts entdeckt hatten.
»Vielleicht ist er abgehauen. Wir sollten...«
Weiter kam er nicht, da er durch einen plötzlichen Aufschrei unterbrochen wurde. Er drehte sich blitzartig um, und sah, wie der Schlitzer mit einem Messer in der Hand aus einer dunklen Nische, die sich direkt neben ihm befand, hervorgesprungen kam. Nicholas trat einen Schritt zur Seite und sorgte so dafür, dass der Mörder ins Leere sprang. Der Blick des Mannes blieb ungläubig an Isaac hängen, während er das Gleichgewicht ver-

lor. Das alles konnte Nicholas nur sehen, da sich die Szene gerade unter einer der vier Notleuchten abspielte.
»Was zur Hölle ist hier los?«
»Nicholas, das Messer!«
Nicholas wusste direkt, was er meinte, und reichte ihm das Messer herüber. Der Schlitzer befand sich am Boden und hatte seinen Kopf nach oben gerichtet. In seinen Augen war eindeutig zu erkennen, dass er überrascht war, Isaac vor sich zu sehen. *Da haben wir ja was gemeinsam. Ich muss dem ganz dringend auf den Grund gehen.* Isaac zögerte nicht lange und versenkte die Klinge in der Kehle des Mannes, die er dann mit einem schnellen Schnitt von rechts nach links öffnete. Das Blut lief wie ein Wasserfall aus seinem Hals heraus auf den Boden, und Nicholas brauchte einen Moment, bis er das Szenario verarbeitet hatte. Es handelte sich bei dem Schlitzer tatsächlich um den Mann, der sich als falscher Techniker ausgegeben hatte. *Wie konnte er denn so überrascht von Isaac gewesen sein? Er musste uns beide doch gehört haben.* Nicholas warf einen Blick in die Nische hinein. Hinter ein paar alten Holzkisten befand sich bereits die Wand. Daraufhin wanderte sein Blick auf die Leiche am Boden. Er bückte sich nach unten und untersuchte den Mann genauer. Als er den Kopf näher betrachtete, wurde er stutzig.
»Er hat nur ein Ohr. Auf der rechten Seite befindet sich nur noch verbrannte Haut.«
»Das würde erklären, warum er uns eben nicht so wirklich gehört hat. Sieht doch danach aus, als hätten wir unseren Job getan. Dieser Mistkerl hat es einfach nicht verdient, weiterzuleben, nach allem, was er getan hat.«
Nicholas stimmte ihm im Allgemeinen zu, merkte jedoch, wie sich seine Meinung dennoch ein wenig von dem entfernte, was

Isaac sagte. *Mich hat er gehört, dich nicht erwartet. Wie auch immer.* Er schwor sich, sich erst einen Kopf darüber zu machen, wenn er sich in Sicherheit befand – und der Ring im Taufbecken abgelegt worden war. Insgeheim hoffte er, dass der mysteriöse Anrufer nicht ungeduldig werden würde. Sollte der Mann, der scheinbar zu allem fähig war, zu der Annahme gelangen, dass Nicholas sich abgesetzt hatte, dann wollte er sich gar nicht vorstellen, was alles passieren konnte. Isaac, der die Leiche des Schlitzers für ein paar Sekunden begutachtet hatte, richtete sich nun wieder auf. Er kam wieder auf die Beine und suchte Halt an einem Balken, der sich direkt neben ihm befand.
»Verfluchte Scheiße!«
Ruckartig zog er seine Hand wieder zurück und verzog dabei sein Gesicht. Im schwachen Licht der Notleuchte konnte Nicholas erkennen, dass er blutete – der Ursprung dessen war allerdings noch nicht zu sehen. Als er seinen Blick schweifen ließ, erkannte er einen herausragenden Nagel in ebenjenem Balken.
»Lass uns von hier verschwinden. Es gibt nichts mehr zu sehen.«
Isaac nickte.
»Dann lass uns diese Nacht beenden und unsere Beute zu Hugo bringen.«

16

Nicholas nickte einfach nur, er hatte für den Moment weder die Kraft, zu widersprechen, noch glaubte er, dass das in irgendeiner Art und Weise Sinn ergeben würde. Sie verließen die Fabrik, ohne noch einer weiteren Menschenseele zu begegnen, was Nicholas allerdings auch verwundert hätte. Es fühlte sich gut an, wieder frische Nachtluft einatmen zu können, doch so wirklich genießen konnte er das nicht. Er zitterte am gesamten Körper und versuchte, das, was alles in den letzten Stunden geschehen war, abzuschütteln. *Die Polizei hängt mir immer einen Schritt hinterher. Da die Kirche aber bereits abgeriegelt ist, muss ich dort mit besonderer Vorsicht agieren.* Er bezog Isaac gar nicht mehr in seine Überlegungen mit ein, da er wusste, dass er den letzten Teil seines Weges in dieser Nacht alleine gehen musste. Was nun noch fehlte, war das Zwischenstück, und diesbezüglich hatte er noch absolut keinen Plan, wie er vorgehen sollte. *Ich werde mich einfach gleich ans Steuer setzen, obwohl ich mich da absolut nicht in der Lage zu fühle. Zum Glück habe ich noch den Autoschlüssel für den Geländewagen.* Obwohl er den Gegenstand in seiner Hosentasche spürte, vergewisserte er sich mit einem kurzen Griff, dass dieser sich auch weiterhin an Ort und Stelle befand. Er atmete erleichtert auf, als er zur Kenntnis nahm, dass ihn seine Sinne nicht getäuscht hatten. Es fühlte sich fast wie ein kleiner Sieg an, mal keine Steine in den Weg gelegt zu bekommen – doch er mahnte sich zur Vorsicht, da er wusste, dass das kein Dauerzustand sein würde. Isaac folgte ihm, ohne noch ein Wort zu verlieren. Während sie über den Parkplatz schritten, begann Nicholas bereits, sich den Kopf zu

zermartern. *Vielleicht muss ich ihn in eine Falle locken. Zu Hugo können wir auf keinen Fall, der Treffpunkt ist zu weit entfernt und wir würden zu viel Zeit verlieren.* Wie vor jedem Überfall, den sie immer mal wieder in verschieden zusammengemischten Einheiten begannen, hatte ihnen ihr Chef einen Treffpunkt zukommen lassen. Meist handelte es sich bei diesen Treffpunkten um geschützte, unbesuchte Orte – zum Beispiel so etwas wie die Fabrik. Dieses Mal lag der Treffpunkt in der Nähe eines Sees an einem verlassenen Uferstück – dreißig Kilometer entfernt. Und die Zeit, zu der sie dort hätten erscheinen sollen, war schon mehrere Stunden überschritten. Nicholas nahm hinter dem Steuer Platz und ließ sich auf den Fahrersitz sinken. Er wartete ab, bis Isaac auf dem Beifahrersitz saß, und startete dann den Motor. Der Geländewagen sprang stotternd an. Obwohl der Wagen von außen recht neu wirkte, schien er schon einige Kilometer zu viel auf dem Zähler zu haben.
»Woher hast du den Wagen denn? Ich dachte, du bist mit deinem hier.«
»Lange Geschichte. Ich habe in dieser Nacht schon viel zu viel Scheiße erlebt. Lass uns los.«
Isaac gab sich damit zufrieden. Da er sowieso kein Freund vieler Worte war, wusste Nicholas, was er sagen musste, um ihn zumindest vorübergehend zum Schweigen zu bringen.
»Hast du den Treffpunkt im Kopf? Du solltest die Daten doch auf deinem Handy haben.«
»Es ist kaputt. Hast du deines noch?«
Obwohl Nicholas die Antwort bereits kannte, stellte er die Frage – um sich nicht anmerken zu lassen, dass er das zerstörte Gerät im Zimmer mit der Matratze bereits entdeckt hatte.
»Verdammt. Nein, es ist mir in der Fabrik kaputtgegangen. Was

machen wir jetzt?«
»Ich habe zwar die genauen Koordinaten nicht im Kopf, ich weiß aber zumindest, in welche Richtung wir fahren müssen. Weiteres ergibt sich dann ja auf dem Weg.«
»Das ist gut. Ich habe mir nämlich vor lauter Stress den Treffpunkt bisher gar nicht angesehen.«
Das ist meine Chance, dachte Nicholas. *Verdammt, er macht es mir wirklich einfach. Wie kann man denn so unvorbereitet da ran gehen?*
»Was wolltest du denn eigentlich in der Fabrik?«
Während er den Wagen vom Parkplatz in Richtung Straße manövrierte, stellte er die Frage, die ihm auf der Zunge brannte.
»Wie gesagt, ich bin durch einen Fernfahrer hierher gelangt. Als ich dann gesehen habe, dass ich zunächst sicher bin, wollte ich die Nacht hier verbringen – immerhin warst du, und somit meine Mitfahrgelegenheit, nicht mehr da. Und da du weißt, dass wir uns eigentlich nach gescheiterten Missionen nicht kontaktieren dürfen, habe ich mich dazu entschieden, hier zu bleiben – bis der Schlitzer mich überrascht hat.«
»Warum hat er dich nicht getötet?«
»Was weiß ich denn? Er hat es einfach nicht getan. In Psychopathen kann man sich eben nicht hineinversetzen.«
Oh ja, das stimmt, dachte Nicholas nicht ganz ohne Hintergrund. *In dich kann man sich auch gerade nicht wirklich hineinversetzen, verdammt.* Aber waren sie das nicht alle – Psychopathen? Immerhin setzten sie skrupellos Menschenleben aufs Spiel, nur um am Ende eine maximale Beute aus den einzelnen Überfällen herauszuholen. *Ich bin keinen Deut besser als er, aber immerhin möchte ich das ja mit dem heutigen Tage ändern.* Von dieser Mission war er nicht abgerückt, der Tod von

135

Carl in der Fabrik hatte ihn sogar noch dazu motiviert, das auf jeden Fall durchzuziehen. *Vielleicht schaffe ich ja irgendwie den Sprung in ein neues Leben, wenn der Spuk heute vorbei ist.* Die Stille, die wieder entstanden war, war in diesem Moment fast bedrückend, weshalb Nicholas versuchte, vom Thema abzuschweifen.

»Für Samuel tut es mir irgendwie leid, obwohl wir halt ständig damit rechnen müssen, das mal was schiefgeht. Eigentlich war er ein guter Mann.«

Isaac zuckte mit den Schultern.

»Einer von vielen Bausteinen in einem festgelegten System. Aber eben auch austauschbar – wie wir alle. Du, ich, und alle anderen, die unter der Fuchtel von Hugo agieren.«

Damit hatte er absolut recht, auch, wenn das verdammt kalt klang. Es fühlte sich fast so an, als würde die Temperatur im Auto nur durch seine Worte augenblicklich um ein paar Grad sinken. Kurze Zeit später hatten sie bereits den Highway erreicht, und Nicholas steuerte den Geländewagen erst einmal aus der Stadt heraus. Die Leuchtziffern auf der digitalen Uhr im Inneren des Wagens verrieten ihm, dass es bereits kurz vor fünf war. *Was man innerhalb weniger Stunden alles erleben kann, habe ich heute am eigenen Körper erfahren. Entweder, man schläft einfach, oder aber man springt dem sicheren Tod mehrere Male von der Klinge. Ersteres wäre mir durchaus um einiges lieber gewesen.* Nicholas war sich jedoch irgendwie sicher, dass sein Schutzengel in dieser Nacht nach einer anstrengenden Schicht in den wohlverdienten Feierabend gegangen war. Auf der Straße vor ihm befanden sich nun bereits die ersten Fahrzeuge. Menschen, die vermutlich zur Arbeit fuhren – in den kommenden Stunden würden es immer mehr werden, doch momentan war noch nicht so viel los. *Zwei Stunden bis Tagesanbruch. Zwei Stunden, bis sich der Ring im Taufbecken befinden muss. Hundertzwanzig Minuten, in denen noch sehr, sehr viel passieren kann.* Die Bäume des kleinen Waldstückes, welches sich der Fabrik ein paar Meter später anschloss, zogen langsam an ihnen vorbei. Da die Straße einfach nur geradeaus führte, erhöhte Nicholas das Tempo etwas. Dabei ließ er seinen Blick durch den Innenraum des Autos wandern und versuchte, Isaac unauffällig zu beobachten. Er hatte seine Hand in der Mittelablage abgelegt und seine Finger um irgendeinen kleinen Gegenstand verkrampft. Von seiner Position aus konnte Nicholas nicht sehen, um was es sich handelte. *Moment.* Er versuchte, sich an die Situation eben in der Fabrik zurückzuerinnern. *Er hat mit der linken Hand in den Nagel gefasst. Und jetzt blutet er nicht mal mehr?* Isaac öffnete seine Hand in der folgenden Sekunde so weit, dass Nicholas gleich zwei Dinge registrierte. Zum einen den kleinen, gelben Stein, den er bei sich trug – und zum anderen die Tatsache, dass er recht gehabt hatte, und von der Verletzung, für die der Nagel gesorgt hatte, keine Spur mehr zu sehen war.

17

Was geht hier denn nur vor sich? Wie ist das bitte möglich? Nicholas versuchte, sich irgendwie eine Erklärung zurechtzulegen, und zweifelte währenddessen erneut an seinen Sinnen. *Nein, ich kann mir doch nicht eingebildet haben, dass er sich am Nagel verletzt hat. Er hat an der linken Hand geblutet, und jetzt ist davon rein gar nichts mehr zu sehen?* Er spürte, wie ihn ein kalter Schauer durchzuckte, während er seinen Blick abwandte. Isaac tat das, was er auf dem Fahrersitz eigentlich tun sollte, er konzentrierte sich auf die Fahrbahn vor ihnen, die nur durch die gelben Lichtkegel der Scheinwerfer erhellt wurden. Nicholas nahm er zu keiner Sekunde wahr - oder aber er versuchte krampfhaft, ihn zu ignorieren. *Ich muss mir irgendetwas einfallen lassen. Jetzt, bevor wir uns zu weit von der Kirche entfernen. Ich habe heute Nacht schon genug Zeit verloren.* Zwei Minuten später deutete ein Schild auf eine Ausfahrt hin. Nicholas nutzte den Moment, setzte auf der verlassenen Fahrspur den Blinker und nahm die Ausfahrt.
»Ist es hier?«, fragte Isaac, woraufhin Nicholas zögernd nickte.
»Relativ nah am Zugriffsort. Aber wenn du meinst.«
»Du kennst doch unseren Boss. Er ist unberechenbar.«
Damit log Nicholas nicht mal, es war ein Fakt, dass man Hugos Verhaltensweise nicht immer nachvollziehen konnte. Meistens schien es so, als würde er alles nicht ganz so gut durchdenken, wie es manchmal erforderlich war – doch sie waren bisher durchgekommen und noch nie aufgeflogen, was ihm ja in gewisser Weise auch recht gab. Nicholas hingegen wusste jetzt, dass er schnell einen Plan schmieden musste, um Isaac in dem

Glauben zu lassen, den Ort der Übergabe erreicht zu haben. Er würde sich in eine sehr gefährliche Situation begeben, wenn Isaac irgendetwas erahnen sollte. *Verräter werden hingerichtet. So ist das skrupellose Leben in kriminellen Kreisen eben. Und nichts anderes als ein furchtbarer Verräter bin ich momentan.* Als er das Auto etwas abseits hinter einer Reihe Bäumen parkte, die den Eingang zum Waldbereich bildeten, atmete er tief durch.

»Ich muss eben kurz pinkeln, dann können wir uns auf die Suche begeben. Bin gleich wieder da.«

Das war nicht mal gelogen, seine Blase fühlte sich schon seit Stunden voll an und er hatte nur auf eine Gelegenheit gewartet, sich erleichtern zu können. Allerdings hatte er das dennoch auch ein klein wenig als Vorwand genommen, um Isaac weiter auf eine falsche Fährte zu führen.

»Danach sollten wir uns auf die Suche begeben. Wir sind spät dran, jede Sekunde zählt.«

Damit liegst du richtig – der Kern unserer Pläne ist identisch, doch unsere letztendlichen Vorhaben sind komplett verschieden. Ich muss diesen beschissenen Ring bekommen. Nicholas entfernte sich vom Auto und begab sich zum nächsten Baum. *Warum mache ich das eigentlich? Aus Eigenschutz? Egal, was passiert, ich bin so oder so komplett am Arsch. Oder gönne ich es Isaac einfach nicht, diesen Ring, der augenscheinlich sehr viel wert ist und magische Kräfte zu besitzen scheint, als seinen Fund abzugeben? Letzten Endes ist das Ganze dann doch mehr ein eigener Kampf als eine Sache, die man als Team erledigt. Am Ende stirbt man eh allein.* Während sein Urin auf den Waldboden plätscherte und es sich fantastisch anfühlte, die Blase zu entleeren, rasten ihm viele verschiedene Gedanken durch den

Kopf. Die meisten davon erwiesen sich als absolut nicht zielführend, sie waren viel mehr Störfaktoren. Die restlichen brachten ihn auch nicht entscheidend weiter, weshalb er einfach versuchte, sie zu vergessen. Er packte seinen Penis wieder ein, verschloss den Reißverschluss seiner Hose und sah sich dann um. In der Nähe entdeckte er einen faustgroßen Stein, den er direkt an sich nahm. *Zunächst werde ich versuchen, den Ring zu bekommen, indem ich ihm die Dramatik der Situation aufzeige. Wenn das nicht funktioniert, wird nur der Stein behilflich sein können.* Er hoffte es nicht, vermutete aber fast, dass es zu letzterem kommen würde – da er Isaac als ausgeprägten, auf sich fixierten Egoisten kennengelernt hatte, der nie ein guter Teamplayer gewesen war. *Manchmal kann man die Leute eben doch schon nach kurzer Zeit in Schubladen packen.* Er hatte das Auto kurze Zeit später wieder erreicht und öffnete die Fahrertür. Isaac befand sich weiterhin mit nach vorne gerichtetem Blick und regloser Miene auf dem Beifahrersitz.

»Kommst du mit? Ich glaube, ich habe eben schon den richtigen Pfad entdeckt.«

»Hast du eine Taschenlampe?«

»Brauchen wir nicht. Es ist Vollmond, das Licht hilft uns gut weiter.«

»Na dann. Auf geht's.«

Isaac erhob sich vom Beifahrersitz und trat ebenfalls ins Freie. Nicholas steckte den Autoschlüssel in seine Hosentasche, nachdem er den Wagen abgeschlossen hatte. Aus den Baumkronen des Waldes war langsam das Zwitschern der Vögel zu hören. *Ein erstes Zeichen, dass der neue Tag beginnt – und die Nacht der Schrecken endlich vorbei ist.* Nicholas fand in diesem Moment einfach keinen besseren Titel für all das, was ihm innerhalb kürzester Zeit widerfahren war. Da das Wichtigste jedoch noch bevorstand, lenkte er seinen Fokus wieder auf das Hier und Jetzt. Es fühlte sich zwar nicht gut an, vor Isaac zu gehen und somit nicht sehen zu können, was in seinem Rücken vor sich ging, doch er musste ja zumindest so tun, als würde er den Weg weisen. Etwas abseits des Baumes, an den er gepinkelt hatte, hatte sich ein kleiner Trampelpfad befunden, der tiefer in den Wald führte. Er entschied sich dazu, diesen zu nehmen, und folgte dem schmalen Weg, der sich wie eine Schlange über den Boden schlängelte. Mit jedem Meter wurde der Wald um sie herum dichter – und somit auch das Licht schlechter. Als er sich umdrehte und Isaac anblickte, konnte er jedoch sehen, dass es nicht nur das Mondlicht war, welches ihnen den Weg wies. *Der Ring leuchtet... wie vorhin beim Überfall.* Das Licht wurde zwar vom Stoff von Isaacs Hosentasche etwas gedämmt, doch es reichte dennoch dazu aus, die Umgebung um einiges zu erhellen. *Die Zeit ist knapp. Du musst es jetzt tun.* Nicholas Finger verkrampften sich um den rauen Stein.

»Ich habe dich angelogen. Wir befinden uns nicht in der Nähe des Treffpunktes.«

»Denkst du wirklich, dass ich das nicht wusste? Komm schon. Wie unvorbereitet muss ich denn sein, um nicht zu wissen, wohin mich mein Weg in der Nacht führen soll?«

Die Tatsache, dass Isaac von seiner Lüge Notiz genommen hatte, gepaart mit der emotionslosen Stimme, die er bei seinen letzten Worten an den Tag gelegt hatte, jagte Nicholas eine Gänsehaut über den gesamten Körper.

»Erzähl schon. Ist es wegen des Ringes?«

Nicholas nickte.

»Ich wurde von einem Mann, den ich nicht mal kenne, die gesamte Nacht über terrorisiert und durch die halbe Stadt gejagt. Dabei hat er alles und jeden getötet, der sich ihm in den Weg gestellt hat. Und das ist nur passiert, weil irgendjemand dachte, dass ich diesen Ring geklaut habe. Wir müssen ihn abgeben, ansonsten fürchte ich, dass bei Tagesanbruch ein großes Unglück geschieht.«

»Auf gar keinen Fall. Der Ring ist so verdammt wertvoll, dass wir ihn zwingend behalten müssen. Ich meine, hast du schon mal so etwas gesehen? Er ist aus purem Gold und leuchtet im dunklen. Es wird schon seinen Grund gehabt haben, dass er beim Juwelier in einem separaten Glaskasten aufbewahrt worden war. Wir können nicht mit leeren Händen zu Hugo zurückkehren.«

Ich spreche gegen eine Wand. So, wie ich es halt erwartet habe. Nicholas fühlte nicht mal mehr den Anflug von Enttäuschung. Es war viel mehr die Angst vor sich selbst, die in seinem Inneren aufstieg. *Will ich selber zum Mörder werden, um den Ring zu bekommen und ihn wiederum dann an einen brutalen Killer abzugeben?* Es dauerte nur den Bruchteil einer Sekunde, ehe er seine Entscheidung getroffen hatte. *Ja, ich will. Ich will aus diesem Käfig herauskommen und ein neues Leben anfangen. Dazu brauche ich den Ring – und muss Isaac wohl oder übel für meine Zukunft opfern.* Er richtete seinen Blick auf den Boden, um es seinem Gegenüber in diesem Moment nicht zu ermöglichen, etwas aus seinem Gesicht zu lesen. Kurz darauf wendete er dann etwas an, was er in seiner Jugend gelernt hatte. Er hatte regelmäßig verschiedene Kampfsportkurse besucht und dort so einiges gelernt, was er jedoch nur selten hatte anwenden müssen. Der Schlag war sehr präzise – zudem hatte er ja noch den Stein fest umklammert, der ihm noch etwas mehr Schlagkraft verlieh.

Er öffnete seine Faust, bevor er bei Isaacs Gesicht angekommen war, und hörte, wie der Stein seine Knochen brach. Isaac sank direkt zu Boden und blieb dort reglos liegen. Blut strömte aus einer offenen Wunde direkt über seinem Nasenbein. Der Schlag schien ihn direkt in eine tiefe Bewusstlosigkeit geschickt zu haben, und Nicholas war froh darüber, dass es so einfach vonstattengegangen war. *Soll ich ihn wirklich töten? Kann ich das?* Er schüttelte den Kopf. *Ich könnte es zwar schon, doch es besteht keine Notwendigkeit. Er ist keine Gefahr. Zumindest nicht jetzt.* Nicholas bückte sich und versuchte, den Ring aus Isaacs Hosentasche herauszubekommen. Mit zitternden Händen griff er in den Stoff und zog das Objekt der Begierde heraus. Der Ring funkelte in allen Farben und erhellte das Waldstück, in dem sie sich befanden, augenblicklich um einiges. Bevor er sich wieder in Richtung des Autos aufmachte, begutachtete er den wertvollen Gegenstand kurz. An der Oberseite befand sich eine Stelle, an der ein bisschen Gold herausgebrochen war – doch sie war wirklich so minimal, dass sie den Wert nicht schmälern sollte. Nicholas steckte den Ring in seine Hosentasche, wischte sich seine schweißnassen Hände im Stoff trocken und richtete sich auf. Der Waldboden war gesäumt mit Tannenreisig, Kiefernzapfen und abgebrochenen Ästen, die in der Dunkelheit alle möglichen, furchterregenden Geräusche von sich gaben. Davon ließ sich Nicholas jedoch nicht beirren. Dennoch war er froh, als er den Geländewagen kurze Zeit später wieder erreicht hatte. Er schloss ihn auf, nahm auf dem Fahrersitz Platz, und steckte den Schlüssel in die Zündung. Er startete den Motor noch nicht – ein Blick auf die Uhr verriet ihm, dass es noch nicht mal halb sechs war. *Ich habe es geschafft und habe noch Zeit. Isaac wird noch eine Weile bewusstlos sein. Ich sollte meine Gedanken ordnen und dann von hier verschwinden. Vorher sollte ich aber überlegen, wie ich bei der Kirche vorgehe.* Er hielt es für sehr wahrscheinlich, dass die Polizei noch immer am Tatort war. Er würde es also nicht einfach so schaffen, dort einzudringen, aber da er kein Handy mehr besaß und somit auch keinen Kontakt mehr zu dem Anrufer, würde er sich wohl oder übel dorthin begeben müssen. *Das Dümmste was man machen kann, ist, sich erneut zu einem Tatort zu begeben. Allerdings habe ich zumindest dort niemanden umgebracht.* Er schluckte. *Ich werde aber bei der Tankstelle vorbeifahren müssen, und dort sollte das Massaker, was wir angerichtet haben, sicher längst aufgefallen sein. Wir...* Er musste für einen kurzen Moment wieder an Carl und somit auch an die Vergänglichkeit des Lebens im Allgemeinen denken. *Es kann vom einen auf den anderen Moment vorbei sein – durch nur einen einzigen Wimpernschlag kann man alles verlieren.* Er schaffte es dieses Mal nicht, sich von diesen Gedanken zu lösen, und verharrte noch eine Weile im Auto. Die Müdigkeit hatte ihn nun vollends umklammert, doch er wollte sich ihr nicht hingeben, da er wusste, dass er dann verloren hatte. Er startete also kurz darauf den Motor... und zuckte zusammen, als er hörte, wie die Windschutzscheibe in der folgenden Sekunde laut zu Bruch ging.

18

Der Stein, der durch die Scheibe ins Innere gedrungen war, schoss an der Kopfstütze vorbei, ehe er auf dem Armaturenbrett zum Liegen kam. *Wer war das?* Er hörte, wie die Beifahrertür aufging, sah sich um – und blickte Isaac ins Gesicht. *Nein. Nein, verdammt.* Die Wunde, die er ihm zuvor zugefügt hatte, war praktisch nicht mehr existent – sein Gesicht wirkte komplett unversehrt, so, als wäre ihm nie etwas zugestoßen.

»Wie ist das möglich, verdammt?«

Die Faust von Isaac schoss ins Innere und traf ihn oberhalb der Schläfe. Nicholas rutschte aus seinem Sitz heraus und prallte gegen das Fenster. Seine Schädeldecke schien zu explodieren, und er spürte zugleich, wie der Ring in seiner Tasche wärmer wurde. Isaac stieg nun ebenfalls ins Innere und verpasste ihm einen weiteren Schlag. Dabei prallte Nicholas gegen den Griff der Tür. Der Widerstand gab nach, er verlor das Gleichgewicht und landete auf dem harten Asphalt. Sein Kopf schmerzte so stark, dass sogar seine Sicht verschwommen war.

»Du kannst mich weder verletzen noch töten. Das kann niemand – sogar der Schlitzer, der mir die Bauchhöhle aufgeschnitten hat, konnte mich damit nicht umbringen. Erinnerst du dich noch an seinen Gesichtsausdruck?«

Nicholas nickte und biss sich auf die Zähne.

»Und wie kannst du so etwas bitte überleben?«, stieß er hervor.

»Es liegt an dem Ring. Oder besser gesagt an der Kugel, die durch den Ring hindurch in meinen Kopf eingedrungen ist. Dabei ist ein ganz kleines Stück des Objektes an dem Geschoss haften geblieben und in meine Blutlaufbahn gelangt. Seitdem

regeneriert sich mein Körper von selbst, ganz egal, was mit mir geschieht.«
Der Ring hat eine solch unfassbare Macht, dass er Leuten Unverwundbarkeit zufügen kann? Nicholas wusste, dass er diesen Kampf nun nicht mehr gewinnen konnte. Das Einzige, was er erneut machen konnte, war es, zu versuchen, Isaac zu überreden. *Damit werde ich jetzt, wo ich ihn hintergangen habe, wohl absolut keinen Erfolg mehr haben. Verdammt, ich hätte doch ahnen müssen, dass etwas nicht stimmt. Er ist mir blind gefolgt und hat dann sogar offenbart, dass er weiß, dass ich ihn angelogen habe. Spätestens zu dem Zeitpunkt hätte mir klar sein müssen, dass irgendetwas nicht stimmt.* Er erinnerte sich wieder an den überraschten Gesichtsausdruck des Schlitzers in der Fabrik. Nun ergab alles irgendwie einen Sinn. *Der Killer hat zwar durchaus bemerkt, dass sich zwei Personen in der Nähe aufgehalten haben – doch mit Isaac hatte er nicht gerechnet. Wieso auch? Wenn man jemandem den Bauch aufschneidet, geht man logischerweise davon aus, dass derjenige verdammt nochmal daran verreckt. Jetzt will er den Ring natürlich nicht abgeben, weil er weiß, was für eine Macht er in sich trägt. Wenn schon die Tatsache, dass eine Kugel, die ihn ansonsten auf der Stelle getötet hätte, durch den Umstand, dass sie ein Stück des Ringes aufgenommen hatte, dazu ausreicht, dass er scheinbar unverwundbar geworden ist, dann ist auch klar, warum er ihn nicht loswerden möchte. Er möchte die Macht für sich allein beanspruchen.* Isaac verpasste Nicholas einen Tritt, der ihm die Luft raubte. *Warum hilft mir der Ring nicht? Ich trage ihn immerhin bei mir. Auch, wenn er sich nicht in meinem Körper befindet.*
»Gib mir den Ring, oder aber, ich hole ihn mir selbst. Danach kannst du dich dazu entscheiden, mir zu folgen – ich

werde zu Hugo fahren und den Fund anmelden, der ihn sicher begeistern wird. Falls du das nicht möchtest, kann ich dich gerne hier liegen lassen.«
Nicholas war erstaunt, dass Isaac ihm das noch anbot – er entschied sich jedoch in seinem Inneren dazu, das nicht anzunehmen. *Ich konnte ihn eben zumindest für eine Weile ausschalten – was, wenn ich das nochmal versuche, und mich dann einfach von hier verpisse? Was anderes sollte ja wohl kaum zur Debatte stehen, wenn ich meinen eigenen Arsch retten möchte.* Isaac hatte ihn nun zudem in der Hand, er konnte das, was geschehen war, weitererzählen. *Das kann ich nicht zulassen. Auch, wenn es wehtut, sollte ich es versuchen.* Er rappelte sich auf und zog sich an der noch immer geöffneten Autotür hoch. Isaac stand direkt neben ihm und fixierte ihn mit einem eiskalten Blick.
»Gib mir den Ring.«
»Einen Scheiß werde ich tun.«
Er schaffte es, innerhalb einer Sekunde all seine Kräfte zu mobilisieren – und stieß Isaac so weit von sich, dass dieser das Gleichgewicht verlor und zu Boden fiel.
»Du hast es nicht anders gewollt. Ich werde dich in Stücke reißen, wenn ich dich wieder in die Finger bekomme, du hinterhältiger Verräter.«
Mehr hörte Nicholas gar nicht mehr, da er die Tür geschlossen und den Motor gestartet hatte. Da die Beifahrertür noch geöffnet war, fuhr er ein paar Meter vor, ehe er sich über die Mittelablage beugte und versuchte, sie zu schließen. Im Rückspiegel sah er, wie Isaac angelaufen kam. *Ich muss einfach von hier verschwinden.* Er trat das Gaspedal durch und sah, wie sein Mitstreiter im Rückspiegel Meter für Meter kleiner wurde und kurz darauf einfach verschwand. Kurz darauf nahm er die nächste

Ausfahrt, um zu wenden – die Kirche lag in der Richtung, aus der er sich gerade entfernt hatte, weshalb er seinen Weg ändern musste. Sein Kopf fühlte sich noch immer so an, als würde er von einem Presslufthammer bearbeitet werden – und während er in Richtung der Stadt fuhr, fragte er sich, wie er es eigentlich geschafft hatte, aus der verzwickten Situation zu entkommen. *Ich lag am Boden, war absolut geschlagen, und habe mich dann nochmal aufgerafft, um einen entscheidenden Schlag zu setzen. Das Problem ist nur, dass Isaac weiß, dass ich zur Kirche fahre. Gut ist, dass er kein Auto hat – doch das könnte sich bald ändern. Ergo habe ich nicht viel Zeit.* Während er mit Höchstgeschwindigkeit über den noch recht leeren Highway raste, hoffte er einfach nur, dass sich seine Bedenken am Ziel, der Kirche, bereits erledigt haben würden. *Ja, die Polizei war vor Ort, doch ist sie das jetzt immer noch?* Falls das der Fall sein sollte, musste er taktisch klug vorgehen. Im Radio lief Musik, die in Richtung Jazz ging. Damit konnte er sich um diese Uhrzeit ganz gut arrangieren, weshalb er den Sender nicht wechselte. Fünf Minuten später hatte er die richtige Ausfahrt erreicht. Er hatte aus dem Augenwinkel gesehen, dass mehrere Polizeiwagen bei der Tankstelle geparkt hatten - alles weitere konnte er sich bereits denken. *Mal schauen, wann sie meiner Blutspur in Richtung der Fabrik folgen. Wobei ich dort ja niemanden umgebracht habe... zudem liegt der Ort ja ziemlich versteckt, und von außen sollte es keinen Anschein einer solchen Tat geben.* Er schüttelte seinen Kopf und folgte seinem inneren Kompass, der ihn in Richtung der Kirche brachte. Seine Hände zitterten mit jeder vergehenden Sekunde mehr, und er schaffte es nicht, gegen die Nervosität in seinem Inneren anzukommen. Er musste sich enorm darauf konzentrieren, die Spur zu halten und keine Ampeln, Verkehrsschilder oder Kurven zu übersehen. Seine Aufmerksamkeitsspanne befand sich eigentlich auf dem Nullpunkt, er lief sowohl körperlich als auch psychisch komplett auf Reserve und spürte jetzt, wo im Radio ein Song von Elvis Presley lief, wie alles, was bisher geschehen war, über ihn hereinbrach wie eine Welle über ein Hafenbecken. Er musste den Geländewagen sogar kurz abseits der Straße abstellen, um durchzuatmen und sich einen Moment der absoluten Ruhe zu gönnen. Er drehte sich um und entdeckte auf dem Mittelsitz auf der Rückbank eine angebrochene Wasserflasche, die er direkt an sich nahm und in einem Zug leerte. Danach fühlte er sich wieder bereit. Das Wasser sorgte dafür, dass seine Kräfte ein weiteres Mal in seinen Körper zurückkehrten und er wieder klar wurde. Er startete den Motor erneut und fuhr durch die Straßen der Stadt. Von seinem aktuellen Standort aus konnte er sich nicht mehr zu einhundert Prozent an den Weg zur Kirche erinnern – während der Fahrt mit dem Bus hatte er sich auf andere Dinge konzentriert und verfluchte sich in diesem Moment dafür. *Ich muss wirklich lernen, dauerhaft aufzupassen und keine dummen Fehler zu begehen.* Ein paar Straßen weiter kam seine Erinnerung zurück, und weitere zwei Minuten später konnte er die Kirche bereits sehen. Die Spitze des Daches ragte hoch in den Nachthimmel auf und wirkte aus der Ferne ziemlich unheimlich. Da er sich auf der Rückseite befand, konnte er bis auf das zerbrochene Fenster nichts sehen. Als er sich jedoch weiter genähert hatte, nahm er das blaue, blinkende Licht wahr. *Nein, verdammt. Warum sind die Bullen mir immer direkt auf den Fersen?* Da die Dienststelle in direkter Reichweite zur Kirche lag, hatte es vermutlich nicht lange gedauert, bis die Beamten an Ort und Stelle gewesen waren. Sein gesamter Körper begann zu kribbeln. *Das ist das große Finale.* Der Ring, der die gesamte Zeit über eine konstante Wärme ausgestrahlt hatte, schien jetzt noch ein paar Grad heißer geworden zu sein. Die Hitze fühlte sich jedoch recht angenehm an seinem Bein an, und bevor Nicholas ausstieg, kramte er das wertvolle Objekt hervor und wog es in seinen Händen hin und her. *Der Ring der Unverwundbarkeit. Vielleicht sogar der Unsterblichkeit?* Er steckte ihn wieder zurück, öffnete die Tür und stieg aus. Bis zur Kirche waren es noch ein paar Meter, er hatte den Wagen bewusst etwas abseits geparkt, um kein Aufsehen zu erregen. Er würde die Lage nun erst einmal sondieren müssen – und schauen, ob es irgendwo eine Stelle gab, die es ihm ermöglichen würde, unbemerkt ins Innere eindringen zu können. *Verdammt, ich hätte Carl vorhin den Schlüssel abnehmen müssen. Da habe ich einfach nicht dran gedacht, weil mich sein plötzlicher Tod so mitgenommen hatte.* Er versuchte, sich nichts anmerken zu lassen, und ging ohne direktes Ziel auf die Kirche zu. Er passierte die Rückseite und bekam nun das zu sehen, was sich auf der Vorderseite abspielte. Insgesamt standen dort vier Polizeiwagen geparkt, an einem davon blinkte das Martinshorn. Zwei Officer sprachen gerade miteinander. Nicholas versuchte, außer Sichtweite zu bleiben, um so mithören zu können, über was die beiden Männer sprachen.

»Und du bist dir wirklich sicher, dass er der Gesuchte ist?«
»Er hat immerhin zugegeben, dass er das Mädchen und unsere beiden Kollegen umgebracht hat. Verdammt, ja, ich gehe davon aus, dass wir das Schwein dingfest gemacht haben.«
»Warum beenden wir die Ermittlungen dann nicht für heute? Unser Ziel hätten wir damit ja erreicht.«
»Wir müssen die Spuren im Inneren der Kirche noch verfolgen. Es scheint, als hätten sich dort mehr als eben diese eine Person

aufgehalten.«
Nicholas versuchte, dem Gespräch irgendwie zu folgen. *Sie haben den Mörder gefasst? Das würde bedeuten, dass ich sowieso nicht mehr in Gefahr bin und, dass all das umsonst gewesen war.* Bevor er sich jedoch Gedanken darüber machte, wie er nun vorgehen sollte, hörte er den beiden Männern weiter zu.
»Es ist aber keiner mehr da, oder? Der Typ hat ja wirklich kaum Gegenwehr geleistet und sich widerstandslos abführen lassen. Es schien fast so gewesen zu sein, als hätte er nur auf uns gewartet. Das bereitet mir Kopfzerbrechen. Es muss mehr dahinterstecken, das musst du doch auch so sehen!«
»Ich würde gerne mal wieder meine Frau sehen, und das rechtzeitig. Calvin, die Ermittlungen laufen jetzt ins Leere. Es ist stockdunkel und der Tatort ist komplett verwaist. Hier hält sich doch keine Menschenseele mehr auf. Oder... Moment!«
Nicholas, der seinen Kopf etwas aus seiner Deckung hinter einem Stein gehoben hatte, sah dem Officer genau in die Augen.
Scheiße. Was jetzt?
»Kommen Sie doch bitte mal hinter dem Stein hervor.«
Die Worte des Officers klangen fordernd. Nicholas erhob sich und trottete verärgert über sich selbst und seine Unachtsamkeit auf die beiden Männer zu.
»Was treiben Sie denn um diese unchristliche Uhrzeit in der Nähe eines Tatorts, Sir?«
Der Mann, der eine Glatze besaß und in dessen Gesichtszügen jahrelange, harte Arbeit zu sehen war, sah ihn mit einem bohrenden Blick an.
»Ich befinde mich auf der Durchreise und gönne mir heute das erste Mal seit Wochen mal einen Tag, beziehungsweise eine Nacht Pause. Was ist denn passiert? Wenn ich das als unbe-

scholtener Zivilist überhaupt fragen darf.«
Nicholas wusste nicht, woran es lag, dass er in diesem Moment nicht mehr so nervös war wie zuvor. Vielleicht lag es an dem arroganten, übertrieben selbstsicheren Auftreten des Officers – oder aber an der jahrelangen Erfahrung, die er im Umgang mit der Polizei gesammelt hatte.
»Das geht Sie nichts an, die Infos sind zum gegenwärtigen Zeitpunkt noch nicht für die Bevölkerung gedacht. Dürfte ich Ihre Personalien aufnehmen? Reine Routinemaßnahme.«
»Habe ich nicht dabei. Mein Portemonnaie liegt im Handschuhfach meines Autos und das befindet sich ein paar Straßen entfernt.«
»Dann muss ich Sie leider bitten, uns aufs Revier zu folgen, damit wir dort herausfinden können, wer Sie sind.«
»Lass doch gut sein, Calvin. Der Mann hat nichts verbrochen«, ertönte die Stimme des anderen Officers aus dem Hintergrund. Er hatte sich zwischen den beiden Dienstfahrzeugen aufgehalten, befand sich also nur ein paar Meter entfernt.
»Woher willst du das bitte wissen? Auf mich wirkt er zumindest so, als führe er etwas im Schilde.«
Nicholas war erstaunt darüber, dass die beiden Männer so über ihn sprachen, als befände er sich gar nicht in der Nähe. Er wollte erst etwas sagen, konnte sich aber gerade noch rechtzeitig bremsen. *Lass es lieber. Du bringst dich nur in die Bredouille, wenn du jetzt grundlos provozierst. Der Klügere gibt nach, oder wie war das nochmal?* Um diese Uhrzeit und vor allem ohne Schlaf fiel es ihm immer schwerer, überhaupt zu funktionieren. *Vermutlich wäre es jetzt sogar gar nicht mal so schlecht, in einer verschlossenen Zelle eine gehörige Portion Schlaf nachzuholen. Dort bin ich wenigstens in Sicherheit vor Isaac.* Er ging fest

davon aus, dass der Mann, den die Polizisten dingfest gemacht hatten, der mysteriöse Anrufer war, weshalb er sich diesbezüglich keinen Kopf mehr machte. *Hätte ich das vorher mal gewusst, hätte ich mir die gesamte Tortur erspart. Doch jetzt gibt es kein Zurück mehr, ich muss den Ring vor Isaac beschützen.*
»Na gut, du hast ja irgendwie auch recht«, sagte er an seinen Kollegen gewandt und drehte sich dann zu Nicholas um.
»Ich muss Sie dennoch bitten, den Tatort zu verlassen.«
Nicholas nickte verständnisvoll, verabschiedete sich von den beiden Officers und ging an den Dienstwägen vorbei in Richtung der Fußgängerzone, die sich an die Kirche anschloss. Direkt neben einer Querstraße, durch die man auf die Hauptstraße gelangte, lagen all die Geschäfte, die in wenigen Stunden wieder öffnen und die Stadt mit Leben füllen würden. Während er Gedankenversunken überlegte, wo ihn sein Weg nun hinführen sollte, vernahm er eine laute Stimme aus dem Inneren eines Dienstwagens.
»Das... das ist er! Nicholas Winston, ein Komplize!«

19

Die dumpfen Worte ließen Nicholas erschaudern.
»Sofort stehenbleiben!«
Ohne zu sehen, was hinter ihm vor sich ging, spürte er die Waffen der beiden Männer in seinem Rücken.
»Auf die Knie und Hände auf den Rücken!«
Nicholas tat wie geheißen, er ließ sich sinken und beugte seinen Kopf nach vorne. Ohne Widerstand zu leisten, ließ er sich Handschellen anlegen.
»Ich wusste doch, dass da was nichts stimmt. Was sagst du jetzt?«, fragte der Officer mit dem Namen Calvin den anderen.
»Ja ja, ist ja gut«, murmelte dieser bloß, während Nicholas spürte, wie die Handschellen verschlossen wurden.
Ich bin geliefert. Absolut geliefert. Es fühlte sich fast schon aberwitzig an, dass ihm diese Situation nun zum Verhängnis geworden war. *Ich hätte doch wissen müssen, dass der Typ mich erkennt. Es war nur logisch, dass so etwas passiert. Warum bin ich nicht einfach in die andere Richtung abgehauen?* Im Nachhinein war man eben immer schlauer, das brachte ihm jetzt nur absolut gar nichts.
»Stehen Sie mit den drei Morden in Verbindung?«
»Ich habe niemanden getötet«, murmelte Nicholas.
»Ich wurde da nur irgendwie unfreiwillig mit reingezogen.«
Die ganze Wahrheit konnte er natürlich nicht erzählen, denn damit würde er Gefahr laufen, das Netzwerk rund um Hugo auffliegen zu lassen. *Und wenn das jemals passieren sollte, dann findet man mich nach meiner Entlassung aus der Haft nie mehr wieder, weil man mich einfach verschwinden lassen würde.* Oh

ja, die Männer, die ihr Geld durch Raubüberfälle, Einbrüche oder Morde im kriminellen Netzwerk verdienten, wussten genau, was sie taten. Sie waren schlauer als all die Ordnungshüter, die immer wieder versuchten, ihnen auf die Spur zu kommen. Nicholas spürte, wie er unsanft zu Boden gedrückt wurde und ungebremst auf dem Kopfsteinpflaster aufschlug. *Der Typ sollte wirklich mal seine Aggressionen in den Griff bekommen. Ein guter Polizist würde so etwas niemals tun.* Die beiden Männer zogen ihn dann wieder auf die Beine und öffneten die Tür des Streifenwagens, in dem sich der Mörder befand. Nicholas warf einen Blick ins Innere und betrachtete den Mann genauer. Das Aussehen passte so gar nicht zu der Stimme, die er am Handy gehört hatte – was vermutlich daran lag, dass der Mann mit einem Stimmenverstärker gearbeitet haben musste. Er trug eine Schirmmütze auf dem Kopf, die seine Haare bedeckte. Sein Kinn wurde von einigen Bartstoppeln geziert, und er trug ein blaues, abgetragenes Hemd, welches er sich bis zum Hals zugeknöpft hatte. Auf dem Stoff befanden sich einige Flecken, vermutlich eine Mischung aus Blut und Schmutz. Nachdem Nicholas sich gesetzt hatte und angeschnallt wurde, wurde die Tür hinter ihm zugeschlagen. Die beiden Officer blieben noch eine Weile draußen stehen, das, was sie sprachen, war allerdings im Inneren nicht zu hören.

»Wer bist du, verdammt? Woher kennst du meinen Namen? Und was soll das alles?«

Nicholas konnte seine Wut in diesem Moment kaum zurückhalten. Er blickte rüber zu dem Mann, der dafür gesorgt hatte, dass er sich jetzt in Handschellen auf dem Rücksitz des Dienstwagens befand.

»Mein Name tut nichts zur Sache. Du kannst mich nennen, wie

du willst – alternativ auch deinen schlimmsten Albtraum.«
Der Mann lachte über seinen eigenen Witz, und Nicholas spürte, wie seine Wut bald ihren Höhepunkt erreicht haben musste.
Sei froh, dass mir Handschellen angelegt sind. Sonst würde ich dich jetzt in diesem Moment totschlagen.
»Wie ich sehe, hast du den Ring.«
Er deutete auf den leuchtenden Gegenstand in Nicholas' Hose.
»Das ist es, was ich wollte. Er darf nicht in die Welt hinausgetragen werden... und hey, du sitzt nicht zu Unrecht hier. Immerhin bist du mit deinen beiden Komplizen in meinen Laden eingebrochen.«
Er war der Mann, der auf uns geschossen hat? Der uns im Inneren des Ladens fast schon erwartet hat? Was hat der um diese Uhrzeit dort überhaupt gemacht?
»Du bist der Inhaber des Geschäfts?«
»Exakt.«
»Alles, was danach passiert ist... der Angriff in der Wohnung einer unschuldigen Frau durch zwei Auftragskiller, der Unfall des Busses, die Entführung... ist das alles auf dich zurückzuführen?«
»Auf mich und meine Leute, ja. Denkst du etwa, ich bin der Einzige, der hinter der Sache mit dem Ring steht? Um Himmels Willen, nein. Ich bin nur der Kopf der Maschinerie, meine Handlanger agieren meist im Hintergrund. Ich habe jederzeit Kontakt zu ihnen, und sie werden mich auch wieder aus dem Knast herausholen, wenn ich heute Nacht dort landen sollte. Du hingegen wirst lebenslang hinter Gitter schmoren, so, wie du es einfach verdient hast.«
Nicholas überging die letzte Bemerkung des Juweliers und versuchte stattdessen, an weitere Infos zu gelangen.

»Und warum hast du mir das Ganze angelastet? Mein Komplize, von dem ich dachte, dass er tot sei, hat den Ring mitgenommen.«

»Ich weiß. In dem Handy von demjenigen, den ich erschossen habe, warst du die erste Nummer. Es war mir eigentlich egal, wen von euch ich an den Apparat kriege – dass ihr miteinander vernetzt wart, war mir fast klar. Es beruhigt mich jedenfalls, dass der Ring wieder an Ort und Stelle ist. Er darf nicht in die Welt hinausgetragen werden – denn er besitzt eine unfassbare Macht.«

»Ja, die Macht der Unverwundbarkeit, richtig?«

»Woher weißt du das?«

Der Mann sah ihn überrascht an. *Bin ich ihm jetzt etwa einen Schritt voraus?*, fragte Nicholas sich. *Jetzt bin ich an der Reihe, das Gespräch an mich zu reißen.*

»Weil wir es gemerkt haben. Mein Komplize trägt zudem einen Teil des Ringes in sich, da die Kugel, die ihn eigentlich hätte töten sollen, durch den Ring geschossen ist und dabei ein Stück vom Gehäuse abgebrochen hat.«

»Das ist nicht wahr, oder?«

Der Inhaber des Juweliergeschäfts sah ihn fassungslos an. Auf seiner Stirn hatte sich ein dichter Schweißfilm gebildet, und sein Gesicht war ganz rot geworden.

»Doch, das ist wahr. Durch die Kugel ist ein Teil des Rings in seinen Schädel, oder besser gesagt in seine Blutlaufbahn gelangt. Er scheint nun unsterblich zu sein.«

»Das darf doch nicht wahr sein. Verdammte Scheiße!«

Der Mann schrie so laut, dass die beiden Officer davon Notiz nahmen, zu seiner Tür geeilt kamen und diese öffneten.

»Ist alles in Ordnung?«

»Nein!«, brüllte er dem Kollegen von Calvin ins Gesicht.
»Es ist nichts in Ordnung, wenn wir das Unheil nicht noch verhindern!«
»Was für ein Unheil? Wovon reden Sie?«
»Das tut nichts zur Sache. Lassen Sie mich frei.«
»Sie werden des dreifachen Mordes beschuldigt. Ich werde Sie definitiv nicht freilassen.«
»Der Ring... wir alle sind in Gefahr, wenn wir nicht sofort von hier verschwinden!«
»Was...?«
»Das Stück vom Gehäuse. Dein Kollege kann uns finden, da ihm das fehlende Stück den Weg leuchtet. Der Ring will sich selbst wieder zusammenfügen. Er...«, wandte sich der Juwelier hektisch an Nicholas.
Weiter kam der Mann jedoch nicht, da ihm der Officer eine Spritze in den Oberarm gerammt hatte. Kurz darauf hatte der Juwelier sein Bewusstsein verloren und war in sich zusammengesackt.
»Meine Güte, dass ich die heute nochmal nutzen würde, hätte ich auch nicht gedacht. Was hat er überhaupt geredet? Geht es etwa um das leuchtende Ding?«
Er zeigte auf den Ring, der durch den Stoff von Nicholas Hose durchschimmerte. Er war in der Zwischenzeit noch etwas wärmer geworden. *Ein Zeichen dafür, dass Isaac sich nähert?* Er hoffte, dass das nur Einbildung war, und wandte sich dem Officer zu.
»Ja, um den ging es. Ich weiß aber nicht, warum der Mann so ausgerastet ist.«
»Bis er in der Untersuchungshaft sitzt, wird er definitiv nicht mehr ausrasten. Haben wir alles, Andrew?«

Der andere Officer, der scheinbar Andrew hieß, nickte.
»Wir sind abfahrbereit.«
Die Türen öffneten sich kurze Zeit später und die beiden nahmen auf den Vordersitzen Platz. Calvin hatte sich ans Steuer gesetzt und den Motor gestartet, als er plötzlich innehielt.
»Was will denn der LKW hier? Und warum kommt er mit solch einem mordsmäßigen Tempo angerast?«
Ohne mehr sehen zu können als das, was der Mann bereits beschrieben hatte, wusste Nicholas, wer am Steuer des LKWs saß. Ein paar Sekunden später war das Fahrzeug bereits gegen den Streifenwagen geprallt, der in Folge des Stoßes durch die Luft flog, sich überschlug, und dann mit voller Härte durch die Wand der Kirche brach.

20

Nicholas wischte sich seine schweißnassen Hände an seiner Hose ab und ließ seinen Blick durch das Innere des Wagens schweifen, in dem der Überschlag für ein wahres Inferno gesorgt hatte. Der Juwelier war tot, der LKW hatte das Auto genau auf seiner Seite gerammt und seinen Körper zerquetscht. *Davon wird er wohl nur nichts mitbekommen haben, da er nicht bei Bewusstsein war.* Die beiden Polizisten auf den Vordersitzen waren zum Zeitpunkt des Aufpralls zwar bei Bewusstsein, hatten sich jedoch gegen das androhende Schicksal nicht wehren können. Die Windschutzscheibe war zu Bruch gegangen und die Scherben hatten sich auf den Körpern der Officer verteilt. Die Größte hatte sich in den Hals von Calvin gebohrt und eine riesige Wunde in die Haut gerissen, die ihn vermutlich direkt umgebracht hatte. Der zweite und nettere Officer, dessen Name Nicholas in der Hektik vergessen hatte, hatte beim Aufprall einen Genickbruch erlitten. Zumindest war das die einzige Erklärung für seinen seltsam verrenkten Kopf, der in einem unnatürlichen Winkel von seiner Ursprungsposition abstand. Nicholas versuchte, sich aus seinen Handschellen zu befreien und den Gurt zu lösen, scheiterte jedoch im ersten Anlauf. Er ließ seinen Blick schweifen und entdeckte in der Hand von Calvin, die auf der Mittelablage lag, den zugehörigen Schlüssel. Er versuchte daraufhin irgendwie, sich nach vorne zu beugen, was jedoch ein enormer Kraftakt war. Er musste nicht bloß gegen die Handschellen, sondern auch gegen den Widerstand des Gurtes kämpfen. Irgendwie schaffte er es jedoch, sich den nötigen Freiraum zu erkämpfen und nach dem Schlüssel zu greifen. Er konnte seine Finger gerade weit genug öffnen, um das Metall zu fassen zu bekommen. Er spürte zwar, wie dabei die Handschellen an seinen Handgelenken drückten, nahm die Schmerzen, die er normalerweise eigentlich gespürt hätte, jedoch nicht wahr. *Liegt das auch an dem Ring? Verdammt, ich habe keine Zeit dafür.* Hektisch steckte er sich den Schlüssel in den Mund und schaffte es so tatsächlich, das Schloss an den Handschellen im ersten Versuch zu öffnen. Er nahm das leise Klacken, welches ihm bestätigte, dass er sich befreit hatte, als enorme Erleichterung wahr. Ein paar Sekunden später hatte er sich abgeschnallt und den Wagen verlassen. Der LKW befand sich ein paar Meter entfernt, und in der Fahrerkabine erkannte er Isaac, der ihn mit einem bohrenden Blick durch die Windschutzscheibe hindurch ansah. Das Fahrzeug war an der Vorderseite nur ein wenig zerbeult – erstaunlich dafür, dass es die gesamte Vorderseite der Kirche aufgerissen hatte, nachdem Isaac den Polizeiwagen durch das Fenster geschleudert hatte. Als Nicholas sich ein paar Schritte von der Unfallstelle entfernte, kletterte Isaac aus dem Fahrzeug heraus und kam langsam auf ihn zugeschritten. In seinem Gesicht waren einige Verletzungen zu erkennen, Schnittwunden, die er sich beim Aufprall zugezogen haben musste und die noch nicht verheilt waren. Fast wie im Zeitraffer konnte Nicholas nun jedoch sehen, wie sich die Öffnungen langsam verschlossen und der Blutfluss erst abtrocknete und dann versiegte. Der Ring fing derweil immer stärker an zu glühen und zu leuchten – das magische Objekt schien einen Instinkt dafür zu besitzen, dass sich das fehlende Teil, das Bruchstück vom Gehäuse, in unmittelbarer Nähe befand. *Getrennt durch den Stoff meiner Hosentasche und Isaacs Schädeldecke. Nur, wenn ich ihm den Kopf aufschneide, kann ich ihn besiegen. Und das ist eine wah-*

re Herkulesaufgabe. Er wusste jedoch, dass er sich irgendwie wehren musste, wenn er am Ende der heutigen Nacht nicht sterben wollte. *Normalerweise sollte gleich ein weiteres Polizeiaufgebot vor Ort sein, da der Unfall sicher kilometerweit zu hören gewesen sein musste. Doch können die mir wirklich helfen?* In diesem Moment waren sie beide unverwundbar – und das musste Nicholas einfach nutzen, um etwas Wichtiges zu tun. Er hatte sich vorher keine Gedanken über die nächsten Schritte gemacht, sondern handelte einfach nur rein instinktiv. Er zog den Ring hervor, der so stark funkelte, dass das Licht in seinen Augen brannte. Er musste sie daher zusammenkneifen. Doch das war alles nicht wichtig, denn für sein Vorhaben brauchte er einzig und allein seine rechte Hand – und seinen Mund. Er versuchte irgendwie, seinen Mundraum mit Speichel zu füllen. Obwohl ihm das nicht so wirklich gelang, steckte er sich den Ring dennoch hinein – und schluckte ihn nur wenige Sekunden später herunter.

21

»Nein!«
Isaac hatte die Dramatik der Situation erst zu spät erkannt und konnte daher nichts mehr von dem, was soeben passiert war, ändern. Seine Faust schoss zwar nach vorne und verpasste Nicholas Unterkiefer einen festen Hieb, doch das sorgte nur dafür, dass selbiger sich auf die Zunge biss. Aus seinem Mund lief Blut über sein Kinn, doch Schmerzen verspürte er keine.
»Zwei Unverwundbare«, meinte Nicholas triumphierend und grinste.
»Im Gegensatz zu dir besitze ich allerdings nicht bloß ein winziges Partikel, sondern fast den gesamten Ring in mir.«
Er sah sich um und versuchte, in direkter Umgebung irgendetwas auszumachen, was er als Waffe nutzen können würde. Isaac hatte bereits sein Messer hervorgezogen, an dessen Klinge noch das Blut des Schlitzers klebte, den er in der Fabrik umgebracht hatte.
»Im Gegensatz zu dir besitze ich ein Messer«, entgegnete Isaac schlagfertig und kam ihm mit der scharfen Klinge bedrohlich nah.
Nicholas wich ein paar Schritte zurück, bis er direkt hinter sich die Treppenstufen spürte, die auf den Altar hinaufführten. Der Ring hatte seine Speiseröhre erstaunlich problemlos durchquert, er hatte eigentlich fest damit gerechnet, dass der Gegenstand steckenbleiben würde. Doch selbst das wäre ihm in diesem Moment lieber gewesen, als den magischen Gegenstand an Isaac weiterzugeben. *Er darf ihn nicht in die Hände bekommen. Ich muss diesen verdammten Ring mit meinem Leben beschüt-*

zen – was ich ja nun auch tue.
»Damit hast du nicht gerechnet, oder? Jetzt verzieh dich endlich. Es gibt für dich nichts mehr zu holen. Du hast schon genug Unheil angerichtet.«
»Nein, ich habe mein Ziel noch nicht erreicht.«
Isaac befand sich nun in direkter Greifweite und nutzte das sofort aus, um Nicholas das Messer in den Bauch zu rammen. Selbiger spürte zwar, wie die Klinge durch seine Haut drang, nahm die Schmerzen, die er normalerweise unweigerlich verspürt hätte, jedoch nicht wahr. Sein Körper fühlte sich so an, als würde er unter Vollnarkose stehen, mit dem Unterschied, dass er aktuell noch dazu fähig war, zu denken und zu handeln. Isaac versuchte, die Klinge bis zum Heft in ihn hinein zu rammen, doch Nicholas wehrte sich dagegen. Dabei verlor er das Gleichgewicht und prallte mit seinem Kopf gegen das Taufbecken, doch auch diese Art von Schmerz verspürte er nicht. *Dem Ring sei Dank. Ansonsten wäre ich schon tot.* Er rappelte sich wieder auf und schaffte es, Isaac, der das Messer mittlerweile wieder herausgezogen hatte, um die Waffe nicht zu verlieren, ein kleines Stück von sich zu stoßen. Der gesamte Marmorboden der Kirche, der an der Stelle, an der sie sich befanden, noch recht unversehrt wirkte, war über und über mit Blut bedeckt, welches in Massen aus Nicholas Bauchbereich tropfte. *Spätestens, wenn ich ausgeblutet bin, wird mir der Ring auch nicht mehr helfen können. Aber bis dahin habe ich ja noch ein wenig Zeit.* Nicholas hoffte inständig, dass niemand von dem ausgetragenen Kampf Notiz genommen hatte. *Sollte sich auch nur irgendjemand Isaac in den Weg stellen, wird derjenige sicherlich kein schönes Ende erleben.* Ihm war jetzt mehr und mehr bewusst, dass sein ehemaliger Komplize für sein Vorhaben über Leichen

gehen und vor nichts zurückschrecken würde. *Liegt das vielleicht auch am Ring? Es könnte zumindest sein.* Nicholas konnte die Magie des Gegenstandes und dessen Tragweite noch nicht vollständig einschätzen, da er noch kein komplettes Bild hatte. Er wich so weit zurück, bis er das Taufbecken in seinem Rücken spürte. Isaac hatte sich derweil wieder näher an ihn herangewagt und schwang das Messer in seine Richtung. Nicholas stützte sich auf dem Altar ab und entdeckte in der Ecke eine neue Streichholzschachtel. Mit zitternden Händen schob er sie auf und förderte ein Streichholz zutage. Wenige Sekunden später hatte er es angezündet und streckte es drohend in Isaacs Richtung.

»Willst du mich anzünden? Mach doch. Es wird dir nichts bringen.«

Er sprach das aus, was Nicholas sich schon gedacht hatte. *Er wird es allerdings nicht mit einhundert prozentiger Sicherheit wissen. Und es muss doch irgendetwas geben, was in der Lage dazu ist, den Ring vernichten zu können.* Seine Gedanken rasten in diesem Moment nur um dieses eine Thema herum, es gab nichts, was ihn sonst interessierte. Er ging einen Schritt auf Isaac zu, der das Messer weiterhin verkrampft in seiner Faust hielt. Am Holzgriff klebte Blut, welches aus seiner Handinnenfläche zu stammen schien. Sie befanden sich nun so nah beieinander wie noch nicht zuvor in dieser Nacht. Nicholas konnte den Schweiß und das Blut von Isaac riechen, beide Flüssigkeiten hatten sich miteinander vermischt und waberten als unsichtbarer Dunst in direkter Umgebung herum. *Wahrscheinlich wird die Nacht auch bei mir deutliche Geruchsspuren hinterlassen haben.* Er war fast schon froh, dass sowohl die Vorderseite der Kirche als auch das Fenster auf der Rückseite quasi nicht mehr existent waren und daher jede Menge frischer Morgenluft in den Raum strömte. Draußen begann es derweil auch bereits zu dämmern. Der neue Tag stand vor der Tür und würde die Nacht ablösen, doch eigentlich fühlte sich Nicholas noch nicht bereit dazu. Er wartete noch einen Moment, in dem sie sich stumm Auge in Auge gegenüberstanden und auf das warteten, was der jeweils andere vorhatte. Nicholas zündete mithilfe der Streichholzflamme die Haare von Isaac an. Es dauerte ein wenig, bis das Feuer sich ausgebreitet hatte – doch Isaac nahm es einfach zur Kenntnis und grinste sogar dabei, wie seine Haare nach und nach versengten. Noch während er das tat, sprang er einen Schritt nach vorne und rammte Nicholas das Messer erneut zwischen die Rippen. Selbiger spürte einen starken Druck in seinem Inneren, der ihm signalisierte, dass der Stich ein Organ getroffen hatte. Schmerzen hatte er dabei jedoch weiterhin keine – einzig und allein ein dumpfes Gefühl, welches alles andere überdeckte und seine Gefühlte komplett lahmlegte. Seine Augen tränten und er versuchte, das Wasser irgendwie wegzublinzeln. Das gelang ihm jedoch nicht, es war fast so, als wäre der Staudamm, den seine Pupille bildete, aufgebrochen und nun nicht mehr verschließbar. Während er beobachtete, wie Isaac langsam von ihm abließ, war ein neues Geräusch in direkter Umgebung entstanden. Es schien aus der Richtung zu kommen, in der der Polizeiwagen durch die Wand gekracht und selbige zerstört hatte. *Nein, verdammt. Verschwindet von hier!* Nicholas versuchte, irgendetwas erkennen zu können, doch der riesige Berg aus Schutt und Staub war von seiner Position aus im Weg und verdeckte all das, was dahinter vor sich ging.

»Hallo? Was ist denn hier passiert?«

Die Stimme schien der Tonlage nach einem älteren Herrn zu ge-

hören, und Nicholas stürmte an Isaac vorbei in Richtung des Geräusches. Ein paar Meter später entdeckte er, dass er recht gehabt hatte – ein älterer Mann befand sich gemeinsam mit seinem Dackel an einer Stelle direkt neben dem Schutthaufen. Der Hund war nicht angeleint, und als er Nicholas erblickte, kam er bellend auf ihn zugelaufen.
»Fluffy! Nicht...«
Der alte Mann hob seinen Blick und sah Nicholas an. Es war exakt zu erkennen, wie seine Gesichtszüge von der einen auf die andere Sekunde vollkommen entgleisten.
»Sie bluten ja... kommen Sie, ich rufe einen Notarzt!«
Nicholas war schon fast von so einer Reaktion ausgegangen, wusste aber auch, dass er darauf nicht eingehen konnte. Außerdem konnte er dem Mann auch nicht erzählen, dass er eigentlich gar nicht verletzt war – beziehungsweise, dass die äußeren Verletzungen alles andere als lebensbedrohlich waren und bald wieder verschwinden würden. *Wie hört sich das bitte an? Er wird es mir nicht abnehmen. Ich muss ihm nur irgendwie verklickern, dass er sich aus dem Staub macht, bevor er Isaacs brutale Seite zu spüren bekommt.*
»Verschwinden Sie von hier, bitte!«
Fluffy hatte Nicholas mittlerweile erreicht und seine Vorderpfoten auf sein Bein gelegt. Nicholas hatte zwar generell ein sehr großes Herz für Tiere, hatte jetzt jedoch keine Zeit, sich um den Hund zu kümmern. Dennoch streichelte er dem Dackel einmal sanft über den Kopf und versuchte direkt danach, ihn von sich weg zu bekommen.
»Aber Sie brauchen doch Hilfe...«
»Ein Krankenwagen ist bereits unterwegs. Machen Sie, dass sie wegkommen!«

»Ach ja?«
Isaac stand nun direkt hinter Nicholas und hielt das Messer hinter seinem Rücken versteckt. Augenscheinlich schien der alte Mann nicht zu begreifen, wie gefährlich die Situation für ihn war. Selbiger befand sich nur eine Armlänge von den beiden entfernt.
»Donnerwetter, Sie sind ja beide so heftig verletzt! Ich...«
Der Mann konnte seinen Satz nicht mal mehr zu Ende sprechen, da war Isaac bereits den entscheidenden Schritt nach vorne getreten und hatte das Messer in seinem Kopf versenkt. Mit einem lauten Schmatzen glitt die Klinge kurze Zeit später wie-der heraus, und direkt danach kippte der Körper des toten Mannes nach vorne. Fluffy fing an, laut zu bellen, woraufhin Isaac auch versuchte, den Dackel zu erstechen. Der Hund konnte sich jedoch im letzten Moment in Sicherheit bringen – es war fast so, als hätte er die Gefahr samt der bedrohlichen Lage erkannt. Er bellte ein letztes Mal, ehe er an seinem Herrchen und dem Schutthaufen, der den Eingang zur Kirche markierte, vorbeilief. *Der nächste Unschuldige, der verdammt nochmal tot ist. Der Albtraum muss doch irgendwann mal ein Ende haben!* Das Feuer in Isaacs Haaren war in der Zwischenzeit wieder erloschen, und Nicholas sah ein, dass das kein Weg sein würde, um ihn zu besiegen. Eine andere Waffe gab es in direkter Umgebung nicht, weshalb Nicholas langsam panisch wurde. *Wenn wir das Spiel ewig weiterspielen und ich in der Defensive bleibe, dann werden noch mehr Leute sterben. Doch was kann ich tun?* Es war zum Verrückt werden, ihm wollte partout nichts einfallen, was seine Lage zumindest etwas verbessern konnte. Der Marmorboden unter seinen Füßen war glatt und klebrig, er rutschte aus, verlor den Halt und landete neben dem Taufbecken auf dem

Boden.

»Polizei!«

Weitere, laute Stimmen tauchten auf, und als Nicholas seinen Blick hob, konnte er sehen, wie die Mündungen gleich mehrerer Waffen auf sie beide gerichtet waren. Isaac nahm das auch zur Kenntnis und ließ daher von Nicholas ab. Mit einem breiten Grinsen im Gesicht näherte er sich den Polizisten. Das Messer hielt er dabei weiterhin fest verkrampft in seiner Hand und machte keinen Hehl daraus, es bei sich zu tragen. Er versteckte es nicht hinter seinem Rücken, sondern präsentierte es den Polizisten fast sogar.

»Hände hoch! Legen Sie die Waffe auf den Boden! Das ist keine Bitte, sondern ein Befehl!«

Als Isaac das jedoch nicht tat, sondern stattdessen weiter unbeirrt auf sie zugeschritten kam, ertönte der erste Schuss, der bis in die Grundfesten der Kirche hindurchdrang. Nicholas beobachtete, wie die Kugel durch den Körper seines Komplizen drang, und ihn auf der Rückseite wieder verließ. Es wirkte fast so, als würde das Bruchstück des Ringes währenddessen leuchten, doch das konnte auch genauso gut Einbildung gewesen sein, da das Schauspiel nach nicht mal mehr einer Sekunde wieder beendet war. *Wahrscheinlich würde es nur was bringen, wenn man die gottverdammte Kugel aus seinem Hirn entfernt. Aber wer soll das vorher wissen? Sie werden sterben, genau wie der alte Mann. Es ist zu spät.* Da er wusste, dass es nichts bringen würde, einzuschreiten, und auch gar keine Kraft dazu hatte, blieb er still auf dem Boden sitzen und verfiel in die Rolle des Zuschauers. Da er so fixiert war auf das, was vor ihm passierte, nahm er gar nicht wahr, dass sich ein weiterer Polizist ihm von hinten genähert hatte. Erst, als er eine kräftige Hand spürte, die

sich auf seine Schulter presste, bemerkte er den Mann – und da war es bereits zu spät. In dem Moment, in dem er in der Lage gewesen wäre, sich zu wehren, verspürte er bereits, wie zum zweiten Mal innerhalb kürzester Zeit ein paar Handschellen um seine Handgelenke geschnallt wurden. Der Mann war dabei äußerst clever vorgegangen – da Nicholas sich an das Taufbecken gelehnt hatte, war es ein leichtes gewesen, seine Hände hinter der Säule zu fixieren. *Scheiße.* Nicholas rüttelte an den Handschellen, doch er konnte sich keinen einzigen Millimeter bewegen. Normalerweise hätte er vermutlich aufgeschrien, seine Schultern befanden sich in einer äußerst unbequemen Position, doch er verspürte weiterhin keinen Schmerz. Die anderen Polizisten waren nicht so intelligent vorgegangen: der Mann, der auf Isaac gefeuert hatte, hatte kurz nach dem ersten Schuss noch drei weitere abgegeben – alle natürlich ohne jegliche Wirkung. Isaacs Grinsen war mit jeder Kugel, die sich in sein Fleisch gebohrt hatte, immer breiter geworden – während der Polizist völlig vom Glauben abgefallen war. Ohne lange zu fackeln, fetzte ihm Isaac mit der scharfen Klinge die Kehle auf, woraufhin sich das Blut des Mannes nicht nur auf dem Boden, sondern auch auf der Kleidung seines Gegenübers verteilte und sich im Stoff festsaugte. Mit einem letzten, gequälten Gurgeln ging er auf die Knie und starb ein paar Sekunden später.
»Boss, irgendwas ist nicht normal, der Typ stirbt einfach nicht!«
»Ihr müsst auch seinen Kopf treffen, verdammt.«
Der Mann, der von einem der Polizisten Boss genannt worden war, hob seinen Revolver direkt vor sein Gesicht und zielte. Ohne auch nur irgendetwas zu hinterfragen, feuerte er eine Kugel ab, die Isaacs Augapfel zerquetschte und ins Innere seines Kopfes eindrang. Für einen kurzen Moment sah es so aus, als

hätte dieser Schuss Isaac tatsächlich etwas anhaben können – bis er seinen Blick wieder hob und tief durchatmete. Nicholas konnte von seiner Position aus das Gesicht seines ehemaligen Komplizen nicht erkennen, doch er vermutete, dass er wie eine groteske Figur aus einem billigen Horrorstreifen aussehen würde. Nur war die Situation, in der sie sich befanden, kein billiger Streifen, sondern das wahre Leben, was die Lage um einiges schlimmer aussehen ließ. Der Officer staunte nicht schlecht und riss den Mund weit auf, als Isaac ihm die Klinge des Messers blindlings ins Gesicht rammte. Die beiden übriggebliebenen Officer zogen nun ihre Waffen und ließen einen Kugelhagel auf Isaac niedergehen – so lange, bis ihre Magazine leer waren und er auch ihnen den Rest gegeben hatte. Nicholas versuchte, sich irgendwie aus seiner misslichen Lage zu befreien, doch die Handschellen saßen zu stramm. Es würde nicht mal mehr etwas bringen, sich die Handgelenke zu brechen, er hatte einfach viel zu wenig Freiraum. *Da würde es nur helfen, wenn mir jemand beide Hände amputiert, und dann bin ich auch geliefert. Verdammt, verdammt, verdammt.* Er ärgerte sich so sehr, dass er sich weiter auf seine bereits verletzte Zunge biss. Da er den Schmerz nicht spürte, wusste er nicht, wann er damit aufhören sollte – erst, als er spürte, dass er sich ein Stück seiner Zunge abgetrennt hatte, spuckte er selbiges mitsamt einer Ladung Blut auf den Boden und hörte damit auf.
»Ist das Spiel etwa schon vorbei? Schade, ich hatte gerade so viel Spaß.«
Isaac hatte Nicholas nun erreicht und verpasste ihm einen heftigen Tritt in die Magengrube, der ihm für einen Moment die Luft aus dem Körper presste. Um sie herum befand sich ein wahres Schlachtfeld, alles war voller Leichen. Die Kirche, der einst so

heilige Ort, der in der Vergangenheit schon auf eine ähnliche Art und Weise beschmutzt worden war, präsentierte sich heute wieder von seiner dunklen Seite. *Sucht die Zuflucht. Kommt in mein Haus, und ihr seid mir, dem Herren und Hirten, nah.* Nicholas dachte über einen Spruch nach, den er vor Jahren mal auf der Straße aufgeschnappt und nicht vergessen hatte. *Was, wenn die Zuflucht eben nicht der Ort ist, an dem man dem Herrn und Schöpfer nah ist – sondern das Vortor zur Hölle?* Isaac hatte sich derweil heruntergebeugt und hielt das Messer weiterhin fest in seiner Hand verkrampft.

»Ich brauche den Ring. Und ich werde ihn mir jetzt holen. Du Vollidiot musstest das Teil ja unbedingt herunterschlucken, das hast du jetzt davon.«

Nicholas spürte, wie nach den Worten seines Gegenübers ein Kloß der Größe eines Felsbrockens in seinem Hals entstand. Er versuchte erneut, sich irgendwie Platz zu verschaffen – doch er hatte keine Chance, seine ganze Mühe war vergeblich. Er konnte Isaac nur dabei zusehen, wie dieser sich an seiner Bauchhöhle zu schaffen machte. *Er agiert wie der Schlitzer. So, wie ihm in der Fabrik selbst der Bauch geöffnet worden war, lässt er mich nun sterben. Das kann ich doch nicht einfach so akzeptieren.* Er trat mit seinen Beinen nach Isaac, konnte damit jedoch nichts ausrichten, da er sich außerhalb seiner Reichweite befand. Seine Hände waren ihm gebunden – im wahrsten Sinne des Wortes. Das Messer glitt durch seine Haut wie durch Butter, und der Anblick ließ Nicholas fast ohnmächtig werden. *Hilfe!* Er konnte das Wort jedoch nicht mehr aussprechen oder gar schreien, sondern bloß denken. Isaac wühlte in seinem Inneren herum, als würde er sich in einer Mülltonne befinden. Er riss die Leber heraus, warf sie neben sich auf den Boden und zog dann am Darm.

Ein paar Schnitte später hatte er selbigen bereits geöffnet, und Fäkalien und Blut strömten aus einem gemeinsamen Loch auf den Boden der Kirche. Isaac verzog dabei nicht mal das Gesicht.
»So weit ist der Ring zum Glück noch nicht gekommen, dass es nötig wäre, deine Scheiße zu durchsuchen. Ich muss wohl etwas weiter oben weitermachen.«
Nicholas schloss seine Augen. Er wollte einfach nicht miterleben, wie Isaac in seinem Bauch herumwühlte und seine Gedärme zerfetzte.
»Ah, was haben wir denn da?«
Er schien nun das, was er suchte, gefunden zu haben, und wandte sich akribisch der Stelle zu, an der er den leuchtenden Ring wahrnahm. Nicholas spürte, wie ihm die Galle aufstieg, doch es gab keine Möglichkeit, sie aus sich heraus zu bekommen. Der Geruch, der die unmittelbare Umgebung ausfüllte, war so schlimm, dass ihm die Tränen in den Augen aufstiegen. Isaac zog weiterhin an seinem Darm, ehe er schließlich im Magen angekommen war. Nicholas blickte an sich herunter. Seine Sicht war bereits verschwommen, doch das gelbe Licht konnte er trotzdem gut erkennen. *Der Ring spürt jetzt immer stärker, dass sich beide Teile in unmittelbarer Nähe befinden.* Isaac wirkte fast wie ein operierender Arzt, mit dem Unterschied, dass er keine pastellfarbenen Einweghandschuhe trug. Sein gesamter Oberkörper war voll mit Blut – und Nicholas konnte immer noch nicht fassen, dass der Großteil davon sein Blut war.
»Ein Schnitt noch... dann ist es erledigt!«
Isaacs Stimme klang triumphierend, und Nicholas spürte, wie er langsam schwächer wurde. *Jetzt öffnet er meinen Magen, an dessen Anfang er den Ring finden wird.* Sein Organ fühlte sich

heiß an. Der Ring pulsierte in seinem Inneren, er schien eine Art Eigenleben zu führen. Die Klinge kam immer näher, und Nicholas bildete sich ein, zu spüren, wie sie in seinen Magen eindrang. Für einen kurzen Moment spürte er eine gleißende Hitze in sich aufsteigen. Sie erfüllte ihn komplett von innen heraus und schien alles andere zu überstrahlen. Als Isaac hingegen den Ring entdeckt und in die Hand genommen hatte, verschwand all das mit einem Schlag – und es folgte ein letztes Flackern seiner Augenlider, ehe der Tod über ihn hereinbrach und eine ewige, allumfassende Dunkelheit mit sich brachte.

ENDE

ALLE BÜCHER DES AUTOREN

SPURLOS

2005: Lewis, Janet, Jeff und Liz erhoffen sich ein Abenteuer, ein Wanderurlaub in den Bergen – genau nach ihrem Geschmack. Trotz einiger beängstigender Vorkommnisse während der Fahrt in die Berge entscheiden sie sich, zu bleiben. Als sie allerdings auf die Rucksäcke einer verschollenen Wandergruppe stoßen und nach und nach mysteriöse Anzeichen auf deren Verbleib finden, beginnt ein Albtraum, aus dem es kein Entrinnen zu geben scheint...

1995: Idyllische, weite Wälder und glasklare Seen. Nichts anderes wollen Marcel, Inge, Matthias, Gudrun, Alexander und Ralf, als sie sich dazu entscheiden, einen Urlaub in den Bergwäldern zu machen.

Doch dann verliert sich jede Spur von ihnen...

„Spurlos ist schon ein besonderes Werk, da die Geschichte aus vielen verschiedenen Perspektiven erzählt wird. Der rote Faden führt den Leser immer wieder durch den Wald hindurch – und die Atmosphäre, gerade in der Lagune mit dem Wasserfall, ist einfach atemberaubend."

DAS GEISTERHAUS

Die vier Jugendlichen Marc, Blake, Jay und David wagen gemeinsam mit dem Einsiedler Joseph, Jays Bruder Danny und seinem Freund Neal einen Ausflug zu einem „Geisterhaus", um das sich zahlreiche Mythen ranken. Doch als sie eines nachts das Haus betreten, beginnt ein Albtraum, der nie zu enden scheint. Denn das Haus lebt. Und es sucht sich seine Opfer...

„Das Geisterhaus befindet sich tief im Wald und ist Quelle allen Übels, der sich in der Gegend abspielt. Was sich wirklich im Inneren abspielt, ist und bleibt vermutlich ein Geheimnis, auch, wenn Teile von ebenjenem Geheimnis beim Lesen des Buches gelüftet werden."

LAGER DER FINSTERNIS

Zehn Personen wachen in einer verlassenen Lagerhalle auf. Zunächst können sie sich nicht erklären, wie sie dort hingelangt sind. Doch als ein Teil der Gruppe auf ein System unterirdischer Gänge stößt, entfesseln sie ein Grauen, das die Grenzen jeglicher Vorstellungskräfte überschreitet.

„Im Lager der Finsternis geschehen Dinge, die sich nicht erklären lassen. Auch hier ist das bekannte Waldstück wieder die omnipräsente Gegend, in die der Leser eintauchen und sich heimisch fühlen können – auch, wenn es eben eine sehr gefährliche Gegend ist."

AUF DÄMONENJAGD IM LAGER DER FINSTERNIS

Die Dämonenjäger Marcus Young und William Collister verbringen eine Nacht in der Lagerhalle, in der sich vor kurzer Zeit erst schreckliche Dinge zugetragen haben. Sie installieren eine Kamera, um die paranormalen Geschehnisse per Video zu dokumentieren. Als Marcus in einem der Räume auf eine apathisch wirkende Frau stößt und wenig später verschwunden ist, begibt sich William auf die Suche nach ihm. Die deutlichste Spur führt tief in den Wald…
Währenddessen läuft die Kamera. Und zeichnet schreckliche Dinge auf…

„Auf Dämonenjagd im Lager der Finsternis ist zwar recht kurz, hat aber dennoch eine intensive Story, in der ich zum Beispiel das erste und einzige Mal eine laufende Kameraaufnahme beschrieben habe. Durch diese sollte es sich so anfühlen, als würde man selbst vor der Kamera stehen und einen Blick auf das Display werfen. Ob das nun wirklich gelungen ist, kann nur der Leser beurteilen."

ARIZONA SPLASH

Bei der Eröffnungsfeier des *Arizona Splash*, einem riesigen Schwimmbad mit Außenpools, Saunas und Rutschen, werden zwei junge Leute entführt. Ihnen steht eine Nacht des Grauens bevor: im Inneren des Schwimmbades müssen sie sich nicht nur mit ihren sadistischen Peinigern auseinandersetzen, sondern auch mit einer Gefahr, die aus den Tiefen eines geheimen Kellerganges zu kommen scheint.

Je tiefer Officer Charles Reinhart in den Fall vordringt, desto verwobener wird das Spinnennetz des Grauens. Die Killer schrecken offenbar vor nichts zurück – und richten ein Blutbad ungeahnten Ausmaßes an...

„Das Schwimmbad war definitiv ein sehr interessanter und auch neuer Handlungsort. Dort, wo Familien und Freunde miteinander Spaß haben, befinden sich tiefe Abgründe. Die Atmosphäre hier hat einfach nur Spaß gemacht."

WILLKOMMEN IN KINMARK

Kurz vor Dienstschluss wird Officer Gilbert Smith zu einem Einsatz gerufen: der Fahrer einer Dodge Viper befindet sich nach einem Unfall auf der Flucht. Eine Verfolgungsjagd und ein darauffolgender Unfall führen den Officer über den Highway tief in die Solven-Hills und das beschauliche Dorf Kinmark. Je tiefer er in die Geheimnisse des Ortes vordringt, desto deutlicher wird ihm, dass er sich in einer tödlichen Falle befindet, aus der es kein Entrinnen zu geben scheint...

„Bei Willkommen in Kinmark steht die Idylle im Vordergrund. Malerische Landschaften, ein abgelegenes Bergdorf – was kann es Schöneres geben? Nun ja, so einiges..."

CAMP SEASIDES MÜHLENSCHATZ

Die vier Freunde Jaxon, Natalia, Maxwell und Laura freuen sich auf einen mehrtägigen Campingurlaub auf dem Gelände des *Camp Seaside*, einem Platz mit einem Badesee und einer alten Getreidemühle. Bei einem Rundgang im Wald entdecken sie einen Brief, der ihnen einen Schatz in den Tiefen der Mühle verspricht. Sie lassen sich auf die Suche ein - und beginnen damit ein Spiel, bei dem eine Menge Blut fließen wird. Denn im Inneren der Mühle lebt der Tod. Und er fordert seinen Tribut...

„Sommer, Sonne, Campingplatz! Direkt in der Nähe einer alten Mühle befindet sich das Camp Seaside. Viele Schauplätze an diesem Ort sind inspiriert durch meine Kindheit, in der die Wochenenden eben auch auf einem Campingplatz verbracht wurden. Eine Mühle gab es da zum Glück allerdings nicht."

FENNERLEYS GRAUEN

Aus dem einst belebten Dorf Fennerley verschwanden vom einen auf den anderen Tag alle Einwohner spurlos. Ein sechsköpfiges Forschungsteam macht sich daran, den Begebenheiten auf den Grund zu gehen. Die Suche gestaltet sich als sehr schwierig – bis dem Team ein Durchbruch gelingt, der jedoch schwerwiegende Folgen zu haben scheint...

„Fennerleys Grauen besteht aus zwei großen Teilen. Der Klappentext verrät allerdings nur einen, nämlich den letzten – wobei der erste, der auf dem Eisbrecher „Starsun" spielt, tatsächlich auch sehr interessant ist. Die Atmosphäre innerhalb der Geschichte ist ziemlich düster, ja, zeitweise sogar bedrückend. Man spürt nahezu am eigenen Leib, wie sich die Charaktere vor Ort fühlen."

DAS AUGE DER VERDAMMNIS

Die Gewinner eines Casino-Gewinnspiels, unter ihnen auch die achtundzwanzigjährige Gabrielle Linden, treffen sich zu einer exquisiten Party in der noblen Baker-Villa, die einen besonderen Ruf in der Gegend hat. Doch der Abend verläuft anders als geplant – denn tief im Inneren des Anwesens befindet sich das Auge der Verdammnis. Für Gabrielle beginnt ein Wettlauf gegen die Zeit, und schon bald ist das Seil zwischen Realität und Wahnvorstellung zum Zerreißen gespannt...

„Was eignet sich besser als Schauplatz für ein Horrorbuch als eine alte Villa? Es gibt nicht viele Schauplätze, die so maßgeschneidert sind. Zudem ist während der Story etwas ganz Besonderes passiert – ich habe den Fortgang der Geschichte in

Teilen geträumt. Dass ich danach das Licht anschalten musste, um weiterschlafen zu können, spricht glaube ich für das Buch."

MA'AHKHALO – DIE INSEL DER MYSTERIEN

Sommer, Sonne, Strand – der perfekte Urlaub für Adam und Karen Singer. Gemeinsam mit Sage und Connie, einem Ehepaar, welches sie im Strandhotel kennenlernen, begeben sie sich auf die Insel Ma'ahkhalo, die von außen recht idyllisch wirkt. Doch der paradiesische Schein trügt – schon bald wendet sich das Blatt, und sie befinden sich mehr als einer tödlichen Gefahr gegenüber…

„Die vermutlich bisher schönste Atmosphäre versteckt sich in diesem Werk. Ma'ahkhalo ist jedoch eine Insel, deren erstem Erscheinungsbild man keineswegs trauen kann. Hinter paradiesischen Stränden und Sonne satt verbirgt sich etwas Mysteriöses."

DIE NACHT DER SCHRECKEN

Nach einem missglückten Raubüberfall auf einen Juwelier findet sich Nicholas Winston in einem niemals endenden Albtraum wieder. Ein unbekannter Mann ist hinter ihm her, und hat es auf einen magischen Ring abgesehen, welcher gar nicht in seinen Besitz gelangt ist. Verzweifelt begibt er sich mithilfe des Obdachlosen Carl auf die Suche – und er muss einsehen, dass die schier endlose Nacht nicht nur stockfinster, sondern auch blutig und voller Schrecken ist.

„Die Nacht der Schrecken ist so besonders, weil die Geschichte eben nur in einer Nacht spielt. Innerhalb weniger Stunden kann

wirklich verdammt viel passieren."

ICH BIN EIN VAMPIR

In einem kleinen Ort geschehen grausame Morde, die von der Presse als »Vampirmorde« tituliert werden. Der siebzehnjährige Gordon Beste zieht diesbezüglich seine Schlüsse und stellt daraufhin eigene Ermittlungen an, die ihn tief in seinen eigenen Freundeskreis führen. Er muss genau abwägen und wichtige Entscheidungen treffen - mit dem Hintergrund, dass er niemandem wirklich vertrauen kann. Auf einer Hausparty kommt es schließlich zum finalen Showdown - und die Frage, wer der Vampir unter ihnen ist, wird ein für alle Mal geklärt!

CRETHRENS – VERLOREN IN DER EISWÜSTE

BAND 1/3 der CRETHRENS-Trilogie

Der jugendliche Oskar findet sich inmitten einer gigantischen Eiswüste mit neunzehn anderen Jugendlichen wieder. Schon bald erkennen alle, dass sie sich in einem perfiden Test befinden, bei dem es nicht nur um das blanke Überleben geht...

CRETHRENS – DIE FESTUNG VON GHIRON NAGH

BAND 2/3 der CRETHRENS-Trilogie

Nach den Geschehnissen in der Eiswüste, die jeden einzelnen verändert haben, landen die Überlebenden mit einem Helikopter in einer verlassenen Stadt. Sie finden eine Karte und entscheiden sich dazu, zwei Orte aufzusuchen: eine mittelalterliche Festung und die unterirdische Stadt Ghiron Nagh. Alles scheint nach Plan zu laufen – bis das Schicksal wieder gnadenlos zuschlägt...

CRETHRENS – ODYSSEE NACH EHYGEA

BAND 3/3 der CRETHRENS-Trilogie

Das Königreich Ehygea war einst ein Ort mit blühenden Landschaften, rauschenden Flüssen und endlosen Weiten. Eines Tages wurde der Ort von einer schrecklichen Katastrophe heimgesucht – seitdem besteht dieser nur noch aus finsterem Ödland. Die Überlebenden drängen nach und nach in die Geschichte des düsteren Ortes vor – und müssen feststellen, dass ein großer Kampf um Leben und Tod bevorsteht, der über die Zukunft des gesamten Planeten entscheidet.

CRETHRENS – MEMOIREN (Erscheinungstermin 12/23)

Über Australien in die Antarktis – auf mehr als 600 Seiten wird die Vor- und Nachgeschichte der Gruppe beleuchtet. Zwischen Blut, Schweiß und Tränen lernen die Jugendlichen einander kennen – und kommen an die Grenzen ihrer psychischen und physischen Kräfte.